inseparables
para siempre
care santos

PROHIBIDO ENAMORARSE

EDICIONES B
GRUPO ZETA

Barcelona • Bogotá • Buenos Aires • Caracas • Madrid • México D. F.
Montevideo • Quito • Santiago de Chile

PROHIBIDO ENAMORARSE

1ª edición: junio 2004

© 2003, Care Santos
© 2004, Ediciones B, S.A.
   en español para todo el mundo
   Bailén, 84 - 08009 Barcelona (España)
   www.edicionesb.com
   www.edicionesb-america.com

ISBN: 84-666-1660-8

Impreso en los Talleres de Quebecor World

instrucciones para sobrevivir al principio de las vacaciones de verano

La primera impresión es la que cuenta. No lo digo yo. Lo dice mi abuela Teresa, que es sabia.

La primera vez que vi a Ismael me pareció un presumido insoportable, falso y con orejas de soplillo. Fue poco antes del fin de curso, lo recuerdo muy bien. Yo fui la primera en conocerle. Luego les llegó el turno a Lisa y a Analí, mis inseparables, mis mejores amigas.

Ismael era sólo un año mayor que nosotras. Llegó al barrio para pasar las vacaciones con su padre, un italiano que... Pero, pensándolo mejor, ¿por qué voy a empezar esta historia hablándoos del ser más despreciable del sistema solar? No, de ningún modo. Mejor os hablo de nosotras, de las supernenas, los ángeles de Charlie o las tres mosqueteras, según quién nos nombre o según sea el momento. Ya lo dije en una ocasión, y lo repetiré tantas veces como sea necesario: hay mentes limitadas que no ven muy claro que se puedan tener dos amigas al mismo tiempo, sin haber de elegir entre una de las dos. Nosotras somos el ejemplo más claro que conozco de que la amistad a tres bandas es posible, además de lo más divertido del mundo. Y quien lo dude, es porque nunca ha oído hablar de nosotras.

Aunque hasta las catedrales mejor construidas se derrumban, y nosotras tuvimos también nuestros malos momentos a lo largo del verano en que Ismael irrumpió en nuestras vidas. Como habréis adivinado las más astutas, gran parte de lo que ocurrió fue culpa suya, pero aún no es el momento de contar esa parte de la historia.

El verano pasado estuvo repleto de acontecimientos. Si tuviéramos que ordenarlos de alguna manera, descubriríamos que los hubo de todo tipo y de todo tamaño: grandes, pequeños, enormes, diminutos, agradables, desagradables, fabulosos, horribles... Si a alguien se le ocurriera hacer una película con todo lo que pasó, nadie sabría decir si es de misterio, de risa, de miedo o de esas aburridas donde hablan todo el tiempo y que por aquel entonces eran las favoritas de Pablo.

Aclaración: Pablo es el novio de Lisa. Lo era también el verano pasado, cuando apareció Ismael. De lo que ocurrió y de la enorme crisis que desencadenó la llegada del italiano es de una de las cosas de las que habla esta historia.

Pero regresemos al comienzo de las vacaciones de verano. Nada parecía indicar que los meses más calurosos del año iban a estar asimismo tan cargados de emociones. Más bien al contrario: los primeros días fueron de lo más típico, incluso aburridos: como siempre, el último día de cole los profesores se mostraron muy felices (felices porque nos iban a perder de vista un buen puñado de semanas y porque ya tenían reserva en el primer avión con destino al fin del mundo), mis padres hicieron averiguaciones desesperadas sobre las plazas que quedaban libres en los campamentos de verano del Ayuntamiento, para al final pronunciar la misma frase de todos los años:

—El verano que viene tenemos que despabilar ántes.

Y yo, como todos los años, suspirando aliviada porque no me enviaban a uno de esos campamentos llenos de adultos que presumen de ecologistas y niños que son felices ordeñando vacas. Qué deprimente. Siempre pienso que algún año no me libraré: mis padres se acordarán con tiempo, harán la reserva antes de que esté todo agotado y me tocará pasar el mes más horrible de mi existencia en una granja-escuela, oliendo estiércol y comiendo brotes de soja biológicos. Por suerte, no sucedió así ese verano, lo cual significa que, afortunadamente, ésta no es una historia sobre las aventuras de una chica aburrida en un campamento lleno de animalitos más o menos apestosos. Ya estáis más tranquilas, ¿verdad?

Una vez recogidas las notas y descartados los campamentos, empezaron las verdaderas vacaciones. El primer día siempre tiene un color diferente. Te levantas cuando ya han terminado los dibujos animados de la tele, te tomas la leche y aguantas durante cinco minutos el sermón materno antes de preguntarte qué diablos vas a hacer el resto del día. Medio segundo después haces un descubrimiento asombroso: un día tiene muchas, muchas horas. Y cuando no tienes mil cosas con las que llenarlas, tienden a pasar más despacio de lo normal.

Otra advertencia: El contenido, longitud y objetivo de los sermones maternos varía según la época del año y algunas otras circunstancias que sería largo enumerar ahora. Sin embargo, el discurso del primer día de las vacaciones es una de esas cosas que llegan anualmente, como la caída de la hoja, las lluvias primaverales o los regalos navideños. Es más o menos así:

—Tienes que pensar, hija, que todas las vacaciones sin hacer nada es mucho tiempo. Ahora ya eres mayor y debes empezar a asumir obligaciones. A partir de ahora me ayudarás un poquito con la casa todos los días. Y harás los ejercicios de un cuaderno de vacaciones que te he comprado. El resto del tiempo puedes hacer lo que quieras, siempre dentro de unos límites, claro.

Supongo que estaréis de acuerdo en que este principio no es precisamente prometedor. En algún momento de su intervención, además, mi madre suele sacar de alguna parte uno de esos libros de ejercicios con que los padres acostumbran a amargar las vacaciones de sus hijos, y lo deja sobre la mesa. Siento que el libro (de *Ediciones Campurriana*, doscientas páginas, quinientos ejercicios) me odia tanto como yo a él: casi puedo oírle gruñir.

—Así no se te olvidará lo que has aprendido durante el curso —dice.

Yo protesto, claro:

—Pero las vacaciones son para descansar.

—En ningún trabajo se descansa tanto tiempo —dice ella, muy segura.

Tengo respuesta a eso. Una respuesta que la dejará sin argumentos:

—En el de maestro, sí.

He cantado victoria demasiado pronto. Nada deja sin argumentos a mi madre:

—No es lo mismo —dice.

—¿Por qué no? —contraataco.

Y entonces ella da por finalizada nuestra conversación de una manera que podríamos considerar típica de madres (y de padres, que forman parte del mismo grupo):

—Hija, no voy a discutir. Tienes que hacer los ejercicios y punto. No me repliques.

A lo cual a mí sólo me queda darle mi respuesta más utilizada, esa que casi siempre la saca de quicio:

—Jo, no es justo.

No dice nada. Vaya, eso sí que es nuevo. Lo repito, con un tono de mayor fastidio y alargando un poco las «oes», a ver qué pasa:

—Jo, no es justo.

Ahora sí responde:

—No empecemos, Julia, con tus ideas acerca de la justicia. Sea o no sea justo, harás tus deberes de vacaciones. Y ya está.

Yo a esto lo llamo dictadura. No sé vosotras.

Para resarcirse de los muchos disgustos que les

ocasionan sus madres, la gente suele tener amigos. Y para salir con los amigos, entre otras cosas, se han inventado las vacaciones. En mi caso estas dos verdades fundamentales cobran un significado especial, ya que mis dos amigas y yo vamos a colegios diferentes, muy alejados entre sí, y sólo podemos disfrutar de verdad de nuestra relación mientras no tenemos que ir a clase.

Por eso nos gusta celebrar que ha empezado esa época única de una manera especial. Por ejemplo, visitando nuestra chocolatería y poniéndonos al corriente de todo lo que nos hemos perdido las unas de las otras. Y haciendo planes para nuestro futuro más inmediato, por supuesto, en los que nunca pueden faltar algún día de playa, una sesión maratoniana de vídeo y alguna visita a Teresa.

Otra aclaración: Teresa es mi abuela y yo soy su única nieta. Sin embargo, su corazón es tan grande que ha decidido tratar a mis amigas como si fueran sus nietas adoptivas. Las tres fuimos damas de honor en su boda, sólo algunos meses antes del principio de esta historia. Sí, sí, habéis leído bien: la boda de mi abuela. Se casó con un señor rumano más joven que ella, que se llama Salvador. Cuando empezó el verano pasado, llevaban felizmente casados unos ocho meses y eran la envidia de todo el mundo. En la vida he visto dos personas más enamoradas que Teresa y Salvador.

De modo que el arranque de las vacaciones fue sensacional: la primera tarde, nos pusimos moradas de chocolate. Hasta Lisa probó más de una especialidad, y eso que está obsesionada con no dejar de caber jamás en la talla 36. Lisa es guapísima, impresionante, indescriptible, lo que suele llamarse una modelo, o chica diez, aunque todo el mundo está de acuerdo en que estaría mucho mejor un poco más gordita. Para hacerla rabiar, Analí y yo la llamamos Gordi. Ella suele decir que nunca, pase lo que pase, consentirá en estar gorda. Lisa ha sido modelo y ha hecho muchos anuncios, pero ahora ya lo ha dejado.

El segundo día, siguiendo el plan previsto, organizamos una de nuestras habituales sesiones de vídeo. Blanca, la dueña del videoclub, siempre nos dice que somos sus mejores clientes.

Para las no informadas: Nuestras sesiones de vídeo son siempre iguales. El lugar siempre es el mismo: el apartamento de Arturo, el hermano de Lisa (ya os hablaré de él en otro momento), que no tiene por qué estar en casa, ya que nuestra amiga tiene su propia llave. Solemos programar una sesión doble y, si estamos muy inspiradas, triple. Y siempre se trata de sesiones monográficas. Pelis de risa, de miedo, de Disney o de guapos. Últimamente tenemos más imaginación: pelis basadas en hechos reales, pelis de desgracias, pelis que a nuestros padres no les gusta que veamos. En fin. El tema elegido para la primera sesión del verano fue «pelis con animales marinos» y vimos *Tiburón*, *Liberad a Willy* y *La sirenita* (sí, sí, sí, ya sé que la selección es criticable, pero qué le vamos a hacer).

Al tercer día, ya sabéis lo que tocaba: una visita a

Teresa y Salvador. Nos encanta ir a verles, porque nos sentimos como si fuéramos de excursión. Es preciso coger un tren y recorrer treinta quilómetros hasta llegar a una ciudad más pequeña, y de allí tomar un autobús hasta casa de mi abuela. El recorrido, lo teníamos más que calculado, nos ocupaba una hora y cuarto, que nosotras empleábamos en charlar, charlar y charlar.

—¿Todavía tenéis cosas que contaros? —suele preguntarme mi padre cuando me ve hablando por teléfono con una de mis amigas.

Ya lo creo. Y tendríamos cosas que contarnos aunque nos pasáramos setenta y dos horas hablando sin parar.

Llegamos a casa de Teresa y Salvador bajo un sol de infarto. Encontramos a Teresa muy concentrada en entender su ordenador, un último modelo que acababa de comprar a un precio de risa. Salvador no estaba. La tele estaba conectada para nadie. Daban uno de esos concursos veraniegos donde la gente hace el ridículo a la vez que pone en peligro su vida.

—¡Y ahora, el representante del equipo azul, por cien puntos, meterá la cabeza en las fauces de nuestro cocodrilo salvaje! —vociferaba el presentador, como si estuviera muy contento de poder anunciar aquella masacre en directo. El público asistente aplaudía.

Teresa fruncía el ceño, sentada delante de la pantalla, y agarraba con fuerza el ratón.

—Nunca entenderé a este trasto, nunca... Mira, para empezar, no tiene cables.

Se refería al ratón. En efecto, no tenía cables porque funcionaba por infrarrojos. Cosas de las últimas tecnologías.

De repente, Teresa dio un respingo:

—¡Mira, se ha comido mis fotos!

Me acerqué a ella y contemplé la pantalla del ordenador. Todos sus problemas tenían fácil solución: bastaba con hacer clic en el sitio correcto. Lo hice y las fotos volvieron a aparecer.

—Anda, ahí están, ¿cómo lo has hecho?

No pude evitar reírme un poco por debajo de la nariz. Para mi abuela, la informática es un misterio comparable a la santísima trinidad o la existencia de vida en otros planetas. Abrió unos ojos como platos:

—Aquí todo ocurre por arte de magia —dijo.

—No abuela, nada de esto es magia. Sólo tecnología. Como lo del cable.

Le dio unos cachetitos a la pantalla antes de darse por vencida y dedicarnos su atención:

—Ay, Mefistófeles, me vas a matar de un disgusto —dijo.

Mi abuela tiene la costumbre de ponerle nombre a todos los electrodomésticos de la casa. De sus muchas manías, ésta es la que más me gusta. La lavadora, por ejemplo, se llama Lucila. El lavavajillas es Anacleto. La nevera, Anastasia. Bárbara, la aspiradora. El microondas, Obdulio. Mariluz, el televisor, y Brígida, la cafetera. Y sólo recuerdo unos pocos, hay muchos más.

Cuando estás en casa de mi abuela tienes que estar preparada para comentarios como:

—Mañana he de llevar a Bárbara al servicio técnico, tiene el motor estropeado.

O bien:

—Mira a ver si Anacleto ha terminado ya de lavar los vasos.

En realidad, cuando te acostumbras es muy divertido, aunque a los extraños al principio les choca un poco.

—Me he apuntado a un cursillo de informática —nos explicó mi abuela—, y ya he aprendido a navegar por Internet, a escribir una carta y a pintar círculos de colores.

Nos quedamos mirándonos las tres, preguntándonos qué demonios le estaban enseñando a Teresa o cuánto tardaría en abandonar su cursillo de informática. Ella continuó:

—Soy un poco torpe, pero el profesor es muy comprensivo. —Hizo una pausa, ejecutó un gesto muy suyo colocándose el pelo tras las orejas y nos preguntó—: ¿Queréis merendar, chicas?

Nunca le hacemos un feo a las meriendas que prepara mi abuela. Aquella tarde había horchata y galletas caseras de chocolate. Nos las comimos en el salón, chupándonos los dedos, a la vez que le contábamos nuestros planes para el verano: estábamos dispuestas a hacer cosas diferentes, que para algo éramos un año mayores que el verano pasado.

—Eso está bien —nos animó ella—, Salvador y yo también estamos decididos a cambiar de vida. De momento, pensamos mudarnos de casa. Queremos tener un poco más de espacio. Supongo que os agradará saber que el piso que nos gusta está en vuestro barrio, a sólo unos metros de vuestras casas.

La noticia causó sensación. Teresa iba a ser nuestra vecina, qué emoción.

—Guardadme el secreto, chicas, que aún no lo sabe nadie.

—Claro —contestamos, casi a la vez.

—Mucho ojo con tu madre, Julia —me dijo, con un gesto de complicidad.

No es que mi madre y mi abuela se lleven mal. Nada de eso. Es que mi madre aún no ha hecho la digestión de la noticia más sensacional de cuantas han ocurrido en mi familia en los últimos mil años. Es decir, la boda de Teresa y Salvador. Por alguna extraña razón que sólo ella sabrá, no le sentó bien que la abuela se casara. Creo que no tiene nada que ver con Salvador, o con el hecho de que sea rumano (aunque al principio también tuvo sus prejuicios), sino más bien con ese egoísmo horrible que nos caracteriza como seres humanos y que en el caso de mi madre no la deja pensar con suficiente claridad. Sea como sea, la boda no le sentó bien. Desde entonces su mutua relación se desarrolla en un estado de alerta perpetua. Cada una mide muy bien las palabras que le dice a la otra, no vaya a ofenderse. El resultado es una absoluta, desagradable e irremediable frialdad.

—¿Y cuándo es la mudanza? —preguntó Lisa, que se caracteriza por formular siempre las cuestiones más indiscretas.

—Pronto, pronto... No queremos esperar mucho —dijo mi abuela.

Tenía los ojos brillantes y una sonrisa enorme dibujada en los labios. Parecía muy feliz. Tal vez más feliz que nunca antes, sin que nadie supiera por qué.

Pensando en ello, y viendo las cosas con perspectiva, me doy cuenta de que aquel anuncio de mi abuela fue en realidad el arranque de un verano único, que iba a depararnos sorpresas que aquella tarde no podíamos ni sospechar. El verano en que nos pelearíamos, nos enamoraríamos, trabajaríamos en equipo, pasaríamos miedo juntas y descubriríamos un montón de cosas de esas que la gente mayor considera imprescindibles para vivir, porque tal vez lo sean. Y que en todo ello, de un modo más o menos directo, tendría que ver Ismael. El idiota de Ismael, a quien yo aquella tarde aún no había conocido, pero que iba a llegar muy pronto, para dejarlo todo patas arriba.

todas las abuelas del universo deberían ser tan felices como la mía

Por alguna razón que igual tiene que ver con los traumas infantiles o con el psicoanálisis, mi madre suele tomarse a mal las grandes noticias que afectan a mi abuela, es decir, a su madre. Unos cinco días más tarde de que Teresa nos diera la noticia, mamá recibió una llamada. Supe que era la abuela por el tono que utilizó desde el principio (y porque la llamó «mamá» y, por fortuna, lo normal en el mundo es tener una sola madre, de modo que enseguida se sabe de quién estás hablando). También porque se quedó perpleja, boquiabierta, ojiplática, tres actitudes que, en el caso de mi madre, suelen acompañar la llegada de noticias como la que yo sabía que le estaba dando. Cuando colgó, llegó el comentario que esperaba:

—Desde luego, tu abuela es una cajita de sorpresas.

Lo dijo mirando a la pared, sin reaccionar, como si la abuela acabara de decirle que se iba a vivir a la Luna. Yo, como es natural, fingí no saber nada de lo que estaba pasando.

—¿Qué te ha dicho? —pregunté, disimulando y con el tono más neutro que encontré.

—Que necesitan más espacio.

Era una manera de verlo. O un modo de empezar a dar las noticias por el final. No pregunté. Me limité a mirar a mi madre, pero ella no hablaba para mí, sino para sí misma.

—¿Para qué necesitarán esos dos más espacio? —murmuraba mientras sus cejas describían movimientos ascendentes y descendentes, como siempre que habla de asuntos importantes.

—Se acaban de comprar un ordenador —dije yo, intentando quitarle importancia a la cosa.

—¿Un ordenador? —preguntó mi madre, como si nunca hubiera oído hablar de esos cacharros a los que media humanidad vive enganchada.

—Uno muy bueno. Tiene de todo —expliqué.

—¿Y tu abuela sabe utilizar eso?

—Se ha apuntando a un cursillo —dije.

Lo pensé de inmediato, nada más pronunciar aquella frase, incluso antes de terminar de pronunciarla, antes de que llegara al cerebro de mi madre y fuera procesada, pensé: me he ido de la lengua, he facilitado información confidencial y a Teresa no le va a gustar. Mamá no reaccionó enseguida. Lo primero que dijo ya lo había dicho:

—Sí, sí, toda una cajita de sorpresas...

Pero luego ocurrió lo que tenía que ocurrir: mis palabras, que a veces se mueven en el espacio a una velocidad más lenta de lo habitual, llegaron al procesador interno de mi madre. Lo noté porque ella dio un respingo y preguntó:

—¿Y tú cómo lo sabes?

—Me lo ha dicho ella —contesté, con la misma rapidez de pistolera.

Sabía cuál iba a ser la siguiente pregunta. Y no me equivoqué ni un poquito:

—¿Y no te dijo nada de sus planes de venir a vivir al barrio?

Yo, os lo advierto, tengo una filosofía en la vida: no mentir nunca cuando me preguntan directamente. No tuve más remedio que decir:

—Sí. Me contó algo.

Mi madre tardó unos segundos en asimilar aquella información nueva. Casi podía escuchar cómo funcionaban sus circuitos, mientras los datos pasaban por ellos como el agua por las tuberías.

—Muy bonito —dijo—. Siempre soy la última en enterarme de las cosas.

Esperó cinco segundos más que se me hicieron eternos (yo intentaba encontrar otro tema de conversación, pero los temas de conversación se habían escondido todos para que yo no los encontrara). Entonces anunció:

—Me voy a ver a Isabel.

Isabel es nuestra vecina de abajo, además de la madre de Analí. Mamá y ella se hicieron amigas desde nuestro primer día en el nuevo piso y se podría decir que no se compran ni un sujetador la una sin la otra. Tampoco compran solas un chándal de la talla doce, de lo cual se deduce que si Analí y yo no nos pusiéramos de acuerdo sobre la ropa que vamos a ponernos, más de un día apareceríamos luciendo el mismo modelito, qué horror. Ésa es una de las consecuencias terribles de que su madre y la mía disfruten tanto yendo juntas de rebajas.

Desde hace un tiempo, además, Isabel es para mamá mucho más que la vecina. Es algo así como su mejor amiga, su confidente, su paño de lágrimas y, a veces, pienso que incluso una especie de sustituta de su madre. Analí podría hablaros mucho mejor que yo de las horas interminables que las dos pasan sentadas a la mesa de la cocina de su casa mientras mi madre le cuenta sus miserias a Isabel.

Resumiendo: a mamá tampoco le sentó bien la noticia más genial del año. Es decir, que la abuela y Salvador pensaran instalarse en nuestro barrio y a menos de cinco minutos de casa.

Durante la comida (ensalada de arroz, ñam, me comí tres platos) papá puso el dedo en la llaga:

—Desde que tu madre empezó a salir con Salvador, no te parece bien nada de lo que hacen esos dos.

Papá tenía razón. Toda la razón del mundo. Y, claro, a mamá no le gusta que los demás tengan la razón, porque eso significa que ella no la tiene. Por norma general, a todas las madres que conozco les sientan muy mal algunas cosas, como que otros tengan la razón y ellas no, o que ir a hacer la compra no sea, precisamente, una celebración familiar, o que no esté todo el mundo reconociendo constantemente lo mucho que trabajan para toda la familia y el poquito tiempo que les queda para sus cosas. Aunque, por experiencia, más vale no darle mucha importancia a los enfados maternos: son impredecibles, irrefrenables e intermitentes. Suceden como las tormentas, porque sí, y terminan sólo cuando tienen que terminar, ni más ni menos. La diferencia es que no existe un servicio público que te prevenga del poder destructor de algunos enfados maternos, ni nadie que dé la alerta cuando se avecina una de esas broncas monumentales que lo ponen todo patas arriba. No hay nadie que salga en la tele y advierta a los niños y niñas del país, por ejemplo, de que el martes por la mañana las madres lucirán un humor estupendo, pero que se esperan broncas intermitentes y ánimos encapotados para la noche del miércoles al jueves. Con lo útil que resultaría una cosa así.

El caso fue que, con o sin la aprobación de mi madre, la abuela y Salvador compraron un piso en el barrio, muy cerquita de nuestra casa. Era un piso grande, reformado, con suelos de parqué y vigas de madera oscura. Por las tardes entraba una luz muy agradable a través de las balconadas, que daban a una de las calles más estrechas de la zona, justo detrás de la iglesia. Una de las cosas que más me gustó fue que tenía la fachada pintada de color rojo y llena de dibujitos blancos.

—Se llaman esgrafiados —aclaró Salvador.

No sé cómo se las arreglan los adultos para ponerle a las cosas nombres tan difíciles de recordar. Si las palabras están hechas, precisamente, para entenderse, ¿no? Siempre se lo digo a mi profesora de literatura quien, por cierto, nunca suele estar de acuerdo conmigo.

—Si todo el mundo pensara como tú, Julia, la literatura no habría existido —suele decirme.

No sé si el mundo sería mejor o peor si Shakespeare, Cervantes, García Márquez y otros como ellos no hubieran existido. Lo pensaré durante los próximos días.

Mi madre también puso reparos al detalle de la fachada roja:

—Qué color más poco apropiado —opinó—, ese edificio no me recuerda nada bueno.

Teresa nos invitó a visitar su piso el mismo día que le dieron las llaves, mientras Salvador ultimaba detalles del papeleo. En cuanto pusimos los pies en el recibidor supimos que aquél era un lugar hecho a la medida de la pareja.

Mi abuela nos lo enseñó con un brillo especial en la mirada, mientras las llaves tintineaban en su mano:

—Pasad al dormitorio, veréis qué amplio es. Aquí pondremos una cortina lila —señaló hacia la ventana.

Si estáis pensando que mi abuela tiene un gusto algo dudoso para la elección y combinación de colores, estoy totalmente de acuerdo.

—Y aquí pondremos una mesa de trabajo —dijo, señalando hacia uno de los cuartos interiores, que era también el más pequeño.

—¿Y en aquel cuarto de allí? —quiso saber Lisa.

Mi abuela guardó un silencio que sólo duró décimas de segundo.

—Mmmm... Ya veremos. No todo puede estar previsto.

Aquella frase, os lo confieso, me dio que pensar. ¿A qué se referiría mi abuela? ¿Por qué no podían prever lo que iban a poner en una de las habitaciones de su casa? Ella seguía con su visita guiada entre las paredes vacías:

—Aquí pondré a Anacleto, este hueco es para Anastasia, sobre la encimera estarán Obdulio y Brígida y allí afuera, Lucila y Bárbara.

Se movía por las habitaciones como si los muebles ya estuvieran cada uno en su lugar exacto. Me encantaba verla tan contenta. No podía entender cómo mamá se negaba a ver las cosas de un modo más sencillo. Simplemente: la abuela era feliz. Entonces, todo lo demás estaba bien.

—Me intriga esa habitación vacía —dijo Lisa en cuanto nos quedamos a solas—, tengo la corazonada de que tu abuela nos oculta algo importante.

Analí y yo nos reímos con ganas ante ese comentario. Estuvimos buena parte de la tarde burlándonos de Lisa por ver intrigas en todas partes.

—Has visto demasiadas películas de detectives —le dijo Analí, sin dejar de reír—. Igual en esa habitación esconden a sus víctimas, descuartizadas, y hacen con ellas pastelitos de carne.

(Analí copió esta ocurrencia del argumento de una de las películas de nuestra última sesión de películas de miedo asqueroso.)

Lo reconozco: cuando empezamos a reírnos no sabemos parar, todo nos hace gracia, una gracia desmesurada. Aquella tarde, Lisa no reía, pero a Analí y a mí nos había dado uno de nuestros ataques.

Fue precisamente una tarde, al salir del piso de mi abuela, cuando tuve el primer encontronazo con el tonto de Ismael. Aquel día en que la acompañé a medir los balcones. Mi abuela es una maniática de la perfección, tomar medidas con ellas es desesperante, se pasa el rato corrigiéndote la postura y diciéndote dónde tienes que poner el metro para que todo salga bien. Seguro que cuando terminamos, yo no estaba de mi mejor humor. Tal vez eso influyó en mi primera reacción, nada más conocer a Ismael.

—Tu cara me suena —me dijo el chico que acababa de entrar en el ascensor, con un acento un poco extraño.

Hay que reconocer que me habría fijado en él aunque no me hubiera dirigido la palabra. Tenía unos ojos azules que impresionaban, el pelo un poco largo y lacio y una piel tostada muy bonita. Llevaba un libro en el bolsillo trasero de los vaqueros. En aquel momento no podía saberlo pero era una novela de un autor ruso llamado Vladimir Nosequé. Una novela llamada *Pnin*, vaya un nombrecito. Lo digo porque es un detalle importante. Y eso del libro en el bolsillo de atrás, junto con lo demás, le daba un toque muy interesante. Lástima que más allá de la carrocería fuera muy difícil encontrar algo interesante. Claro que esta circunstancia era imposible conocerla desde el primer momento.

Le miré perpleja, tratando de adivinar qué se proponía.

—Mi padre trabaja en el restaurante italiano de la esquina, el nuevo.

—Ahí antes había un banco —dije, tal vez porque eso es lo que dicen papá y mamá cada vez que mencionan el italiano nuevo.

—Me lo han contado. ¿Has estado en el restaurante?

—Sí, una vez, con mis padres.

Me comí un plato tan grande que al día siguiente estaba enferma, pero eso no se lo dije.

—Pues si vienes por allí, te invito a la especialidad de la casa —dijo, con un desparpajo al que yo no estaba acostumbrada.

—¿Y cuál es la especialidad de la casa?

Se acercó a mi oído hasta que pude notar su aliento (y cómo se me puso la carne de gallina, creo que de los nervios) y dijo, susurrando y alargando mucho las sílabas:

—El tiramisú. Es *afrotisíaco*.

Otra palabreja sin sentido, pensé. Aunque no le dije que ignoraba su significado para no hacer el ridículo. Me separé un poco de él y formulé la primera pregunta que se me ocurrió:

—¿Eres italiano?

No os riáis: me estaba poniendo muy nerviosa. Pero él no debió de entender mi pregunta porque dijo:

—Mi padre es cocinero.

«Vaya —pensé—, qué coincidencia, igual que el mío.» Cuando iba a decírselo, él se me adelantó:

—Igual que el tuyo.

Entonces me di cuenta de que el ascensor tenía la puerta abierta y estábamos (a saber desde cuándo, aunque es un ascensor muy lento) en la planta baja. Entonces ocurrió lo que tenía que ocurrir: la conversación, igual que el viaje, se terminó de pronto.

—Me llamo Ismael —dijo—. Ven a verme.

Asentí con la cabeza, algo confusa. De una zancada, Ismael alcanzó la puerta de la calle. Antes de salir se volvió a mirarme y me preguntó, con una sonrisa irónica en los labios:

—¿Y tú? ¿No tienes nombre?

—Julia —dije.

—Encantado, Julia. Te espero.

Y desapareció de mi vista.

De donde no hubo forma de hacerle desaparecer fue de mis pensamientos. Cada vez que recordaba la forma en que había pronunciado aquella palabra, «tiramisú», se me erizaba el vello y, lo peor de todo, sin saber por qué. En sus ojos y su invitación a visitarle prefería no pensar. Nunca hasta ese momento un recuerdo me había puesto tan nerviosa. Por supuesto, no le conté a nadie lo que me pasaba, y mucho menos hablé con alguien de la existencia de Ismael. No me gusta contar mis intimidades, y mucho menos cuando tienen que ver con los sentimientos.

Otra de nuestras visitas obligadas nada más empezar las vacaciones era la tienda de Raquel. Raquel es artesana. Fabrica collares con cuentas de colores que ella misma pinta de unos tonos preciosos; luego las ensarta en cordones de cuero o de cobre o en hilos de nailon y los cuelga por todo su taller. Aunque lo más importante es que Raquel, además de hacer collares, también sabe hacer conjuros. Su magia, como ella suele decir, sólo sirve para las cosas buenas. Poco antes de que Teresa y Salvador se casaran les regalamos un collar al que habíamos transmitido el poder de uno de los conjuros de Raquel: el que les garantizaba que serían felices para siempre y conseguirían cualquier cosa que se propusieran.

El taller de Raquel está bastante cerca de la nueva casa de mi abuela. Es un lugar especial, que más parece una madriguera que una tienda, repleto de cachivaches, de cestos llenos de cuentas de colorines que se esparcen por todos los rincones y, en medio de todo este desorden, Raquel se sienta tras su mostrador, con su falda larga hasta los pies, su camiseta enorme y sus tobillos adornados con pulseras. Nos gusta ir a verla sólo por observar cómo trabaja, o por respirar el ambiente de su taller y también porque siempre nos cuenta cosas que nos sorprenden.

Esta vez, sin embargo, la encontramos sin ganas de hablar, algo muy poco habitual en ella. Estaba apagada, como si se sintiera mal o como si algo la preocupara mucho. Ni siquiera sus ojos tenían el brillo habitual.

—¿Has recibido más bolitas de cristal de color verde? —preguntó Lisa, que se había vuelto una fanática de los collares de Raquel.

—No —contestó nuestra amiga la maga—, pero tengo algo mejor.

Rebuscó durante unos instantes bajo el mostrador y extrajo tres colgantes en forma de estrella.

—Por suerte, hay uno para cada una —nos dijo, poniéndolos sobre el mostrador—: Probáoslos.

Eran preciosos. Las tres se lo dijimos en el acto, incluso antes de mirarnos al espejo.

—Son un regalo —se apresuró a decir—, para que os acordéis de mí.

—¿Para que nos acordemos? —saltó Lisa—, ¿por qué? ¿Te vas de vacaciones?

Raquel no fue clara al contestar. Lo hizo entre balbuceos, como si no estuviera segura de la respuesta:

—Sí... No lo sé. Ya veremos... Nunca se sabe, ¿verdad? —Sonrió, pero no del modo en que ella solía hacerlo, sino como si tuviera la obligación de sonreír.

Le dimos las gracias varias veces. También nos interesamos por saber qué le pasaba, aunque no nos lo dijo. Se limitó a echar balones fuera:

—Nada. Nada importante. Tengo un mal día, eso es todo.

Sin embargo, una corazonada nos advertía de que algo más afectaba a Raquel. Lo dijo Lisa la perspicaz, pero incluso Analí y yo nos habíamos dado cuenta.

—No le hemos pedido que haga un conjuro sobre los colgantes —saltó de pronto Analí, que parecía muy disgustada por el olvido.

—No hay problema. Volvemos otro día, se lo pedimos, y ya está —resolví.

—Muy bien —terció Lisa—, ¿y qué le pediremos?

Las tres nos quedamos pensativas.

—¿Tiene que ser algo que nos afecte a las tres? —preguntó Analí.

—No lo sé. Supongo que no —contesté.

—O tal vez sí. Los colgantes son iguales —dijo Lisa.

—Pero de colores diferentes —apuntó Analí.

Otro minuto de meditación antes de las conclusiones, que corrieron a cargo de la optimista de Analí, que siempre ve una solución fácil para todo:

—Lo pensamos bien y lo decidimos antes de ir a ver a Raquel otro día —opinó—. Tampoco creo que deseemos cosas muy diferentes, ¿verdad? Lo normal es tener deseos generales, como felicidad, salud, amor....

—Ppff, menuda cursilada —saltó Lisa.

—Y qué típica —añadí yo.

—Muy bien, muy bien, chicas. Lo pensamos, ¿vale? Y antes de ir a ver a Raquel, decidimos qué vamos a pedirle.

Aquel día, pues, nos llevamos deberes para casa: pensar un deseo para que Raquel lo incluyera en un conjuro que debía convertir nuestros colgantes en amuletos mágicos. Qué difícil.

Si me lo propusiera, todavía encontraría por mi casa un cuento que me regalaron de pequeña. Trataba del problema de una ciudad invadida por las ratas. Estaban por todas partes y nadie encontraba el modo de expulsarlas, aunque muchos lo intentaban por todos los medios. Hasta que alguien propuso contratar los servicios de un flautista cuya música atraía a las alimañas. Así llegaba el final de la invasión: el flautista tocaba su flauta mientras paseaba por las calles del pueblo y las ratas le seguían, atontadas, hasta que se encontraban tan lejos que ya les resultaba imposible regresar. De pequeña me preguntaba por qué las ratas caminaban hacia un lugar al que no querían ir, como si hubieran perdido el juicio. Debo confesarlo: no las entendí del todo hasta el momento en que me descubrí entrando en el restaurante italiano donde trabajaba el padre de Ismael. Yo, como las ratas del cuento, también caminaba hacia aquel lugar como si alguien me hubiera hipnotizado, como si no fuera ya capaz de decidir nada que no fuera lo que Ismael me había dicho que debía hacer. Que nadie me pregunte por qué fui. Ni yo misma lo sé. En aquel momento tampoco era capaz de decirlo. Supongo que me apetecía volver a verle. El caso es que fui, y punto.

Antes de llegar, por cierto, me pareció ver a Arturo, mi amor imposible, abrazado (muy abrazado, ya me entendéis) a una rubia impresionante que no era su novia, pero en fin, preferí no mirar para no deprimirme.

Al abrir la puerta del restaurante tintineó una campanilla en el techo. De inmediato se asomó a mirar un señor moreno, gordo, con un gran bigote negro.

—¿Puedo ayudarte en algo? —preguntó desde detrás del mostrador.

—Estoy buscando a Ismael —dije.

—¡Ismael! —gritó el hombre, antes de volver a sus quehaceres tras la barra.

Ismael salió enseguida. Llevaba el pelo mojado, como si acabara de ducharse, un delantal blanco anudado a la cintura y un libro en la mano.

—¿Te interrumpo? —le pregunté.

—Sí, pero no es lo que tú crees. Estaba leyendo.

El libro era el mismo del otro día: *Pnin*, de Vladimir Nabokov, esta vez me fijé muy bien.

—¿A ti te gusta leer? —me preguntó.

—Mucho —mentí.

—Genial. Cualquier día hablaremos de nuestros libros favoritos. Leer es mi vicio preferido —rió antes de terminar la frase—: después de las chicas, claro.

Sonreía de un modo encantador.

—Me alegra que te hayas decidido a venir a verme —dijo.

No le contesté. Miré a mi alrededor. No había nadie en el restaurante.

—¿Trabajas con tu padre? —pregunté.

—Sólo ayudo de vez en cuando —se apresuró a decir, con su acento dulce y exótico—. Has venido a la mejor hora. Siéntate donde más te guste.

Elegí una mesa junto a la ventana.

—Te voy a invitar a algunas especialidades de la casa —dijo, desapareciendo tras la puerta de la cocina.

En ese momento empezó a sonar una música de acordeones y guitarras. Imaginé que, desde dentro, Ismael había accionado algún botón del equipo de música. Tenía hambre, ya que aquella mañana no había desayunado. Las especialidades de la casa me sentarían bien, aunque con Ismael delante no sabía si sería capaz de comérmelas.

El rubio italiano salió enseguida, con un plato que contenía algunas hojas verdes, varias lonchas de tomate y unos buenos trozos de queso mozzarela. Se dejó caer en la silla que había frente a mí. No digo «se sentó», porque no lo hizo en ningún momento: permaneció todo el tiempo en una postura imposible: los codos sobre la mesa, un pie sobre la silla y otro sobre el suelo, de medio lado. Se movía como si estuviera muy nervioso.

—La auténtica, inimitable, única *insalata Caprese* —anunció, haciendo silbar las eses como una serpiente.

Olía bien. A albahaca. Me encantan las hierbas aromáticas. El tomate estaba cortado demasiado fino para mi gusto, pero pensé que no era aquél el mejor momento para decirlo.

—Vamos, pruébala. Es la mejor mozzarela que hayas probado. ¿Sabías que la mozzarela auténtica se hace con leche de búfala?

Lo sabía, pero tenía la boca llena.

—Je, me gustaría ver cómo se ordeña a un búfalo hembra —rió Ismael, levantándose de un brinco—. Ahora vuelvo.

Antes de que yo lograra tragar el segundo bocado de mi ensalada, Ismael estaba de regreso con un plato humeante de *tagliatelle*.

—*Tagliatelle* al *parmiggiano*, también conocidos por *tagliatelle* Ismael. Son de mi invención —volvió a sentarse frente a mí—, a ver qué te parecen.

Estaban riquísimos. Llevaban una salsa muy suave de queso, y algo de tomate troceado.

—No te voy a dar la receta, así que no insistas —dijo—, pero puedo cambiarle el nombre al plato y llamarle tagliatelle Julia, ¿qué te parecería?

Sentí que me ardían las mejillas y supe que me estaba poniendo colorada. Como, además, volvía a tener la boca llena, no pude contestar de inmediato. Bebí un sorbo de agua y dije:

—Me daría mucha vergüenza.

Ya sé que no me salió la mejor frase de mi vida, pero qué le vamos a hacer, por lo menos fui sincera. En el momento las cosas se ven de otra forma.

Ismael me miraba de un modo muy raro, con los ojos como de cristal y una sonrisa tonta dibujada en los labios.

—Tu nombre fue lo primero que me gustó de ti, ¿sabes? Si no te importa, te cuento por qué.

No solo no me importaba, sino que estaba deseando que me lo dijera.

—Mi madre se llamaba como tú. Giulia, en italiano, claro.

—¿Se llamaba? —pregunté, con un bocado de pasta atragantado en el esófago.

—Murió cuando yo tenía ocho años.

No supe qué contestar. Me entraron ganas de abrazarle muy fuerte, pero me detuve a tiempo. Creo que no hubiera entendido mi reacción.

—Lo siento mucho —balbuceé.

—No te preocupes, hay que resignarse a que estas cosas pasen —dijo, intentando parecer natural, pero a mí me dio la impresión de que estaba a punto de echarse a llorar—. Este tipo de platos me recuerdan mucho a ella, ¿sabes? Yo nací cerca de su pueblo, un lugar cercano a Parma, que es de donde es este queso. A ella le encantaba cocinar. ¿No te sucede, de pronto, que hay sabores que te recuerdan mucho tu niñez?

A mí también me estaban entrando ganas de llorar. Nunca me había ocurrido tener ganas de llorar por culpa de un queso, aunque creo que el asunto era un poco más complejo. Seguro que Ismael lo notó, porque se fue a toda prisa a buscar el postre. Tiramisú, claro; estaba claro mucho antes de que volviera a salir de la cocina. Intenté recordar la palabreja rara que había usado para describirlo y de la que seguía ignorando el significado.

—La especialidad de la casa —anunció, poniéndose firmes, como si estuviera presentando el postre a una autoridad.

Realmente, el pedazo de pastel que había en mi plato tenía un aspecto que bien merecía una presentación especial.

—El tiramisú es uno de los platos más antiguos y más ricos de la cocina italiana. Se elabora con café y un queso especial, ni cremoso ni duro, ni dulce ni salado, que se llama *mascarpone*. Aunque igual tú ya sabes todo eso, entendida. —No me quedó claro si bromeaba o no. Añadió—: Pruébalo, anda.

Me embelesaba oírle hablar y creo que él se daba cuenta. Ismael tomó asiento otra vez en su silla. Me miraba de hito en hito, como si esperara que al primer bocado de aquello se obrara en mí una transformación, o algo parecido.

Hundí la cuchara en el chocolate negro y la llené hasta los topes. Para mi paladar fue una fiesta aquel contraste de dulce y amargo. Ismael sonreía. Noté que se me erizaba el vello y no tuve muy claro si era por el postre o por sus ojazos clavados en mí. Tampoco sabía a quién atribuirle la cantidad de cosas nuevas que estaba experimentando: aquella prisa del corazón, aquel calor en la cara o aquellas ganas de echarme a su cuello (al de Ismael, no al del tiramisú). Ismael se levantó para quitarse el delantal. Los vaqueros le sentaban genial. Tenía un cuerpo muy bonito.

—Está buenísimo —logré decir, aun con aquella pasta cremosa pegada al paladar.

Él, claro, supo entenderlo como lo que era: un gran cumplido. Se acercó a mi oído y, de nuevo en un susurro, me formuló una pregunta que me pilló por sorpresa:

—¿Quieres ser mi novia, Julia?

Creo que en la vida me parecerá más dulce el mascarpone, y eso que me atraganté.

el verano es un buen momento para los misterios

Ha llegado el momento de hablaros de Gus, de Pablo, de Arturo y del gato siamés de *Roxi*. Iré despacio para que nadie se pierda.

Roxi es la gata de Lisa. El año pasado se echó un novio siamés con el que se iba casi todas las noches por los tejados de su barrio. La última vez que le vieron (al siamés) debió de ser en octubre, más o menos.

—Creo que lo han dejado, porque ahora *Roxi* no sale ninguna noche —decía Lisa a mediados de otoño.

El invierno pasó sin mayores sobresaltos, y *Roxi* no durmió ni una sola noche fuera de su lugar habitual a los pies de la cama de su dueña.

Sin embargo, los amores de *Roxi* y su siamés volvieron a las andadas nada más apuntar el verano. Uno de aquellos primeros días, nuestra amiga nos dio la noticia:

—*Roxi* y su siamés vuelven a salir juntos.

En eso, *Roxi* y Lisa coincidían. Ella también veía a Pablo, sobre todo, en verano. Se conocieron en una academia. Pablo era alumno de un taller literario y ella realizaba un cursillo de cerámica. Se cayeron bien enseguida, quedaron dos o tres veces y se gustaron. Lisa hasta llegó a insinuar que podía haberse enamorado de Pablo (eso significaba que, sin lugar a dudas, se había enamorado de él). Sin embargo, luego llegó el otoño, más tarde el invierno, y su relación se fue enfriando lo mismo que las hojas en los árboles, hasta quedar más tiesa que una mojama. Cuando volvió la primavera, con sus flores, sus chorradas sobre el amor y sus alergias por culpa del polen, Lisa ya no pensaba en Pablo (y seguro que Pablo tampoco se acordaba de Lisa). Sin embargo durante la primera semana de las vacaciones, se reencontraron en la misma academia del verano anterior, y todo volvió a empezar.

Luego estaba Gus, el patito feo recién convertido en cisne. A principios del curso anterior, Gus era el típico pesado que no dejaba ni respirar a Analí (estaba coladito por ella). Analí lo intentó todo para que la dejara en paz, incluso se las apañó para liarle con la empollona de la clase. Sin embargo, nada de todo aquello salió bien: la obsesión de Gus por Analí era a prueba de bombas. Sólo había un problema: ella le encontraba pesado, feo, aburrido, bajito y gafotas. Pero, ah, adivinanza: ¿qué es lo que más ayuda a cambiar la opinión acerca de la gente? Solución: un enamoramiento. O incluso menos, porque eso de enamorarse suena muy fuerte. Lo primero que a Analí le llamó la atención fueron los ojos de Gus. De repente, de un día para otro, sin avisar, sin anunciarlo, Gus se puso lentillas y ¡zas!, quedaron al descubierto un par de ojazos de impresión. Luego se dejó el pelo largo y empezó a peinarse con gomina. Cesaron de salirle granos como por arte de magia. Creció un poco. En fin, que en cuestión de pocos meses, Gus había dejado de ser el feo de la clase para convertirse en el chico más perseguido del colegio. Pero él sólo tenía ojos para Analí. Que Analí sintiera lo mismo sólo era, pensábamos, cuestión de tiempo.

Lo mío era y será un caso perdido. Antes de que apareciera Ismael (y también después, como se verá), yo estaba obsesionada con Arturo. Arturo es guapo, inteligente y tiene sentido del humor, pero también tiene novia (nunca es la misma, pero siempre tiene), casi me dobla la edad y es el hermano mayor de Lisa. En resumen: Arturo es la mayor evidencia de que, en cuestión de chicos, no tengo muy buen ojo. Y eso que Lisa está harta de decirme que su hermano es un cabeza de chorlito insoportable. Analí, siempre tan optimista, está constantemente intentando que me fije en otros, pero yo cada vez les digo lo mismo:

—No puedo evitar que me guste Arturo. También me gustan los espagueti. Hay cosas contra las que no vale la pena luchar, es una guerra perdida.

Nadie entendía muy bien mis argumentos, pero ya hace mucho tiempo que me acostumbré a ser una incomprendida.

Si habéis leído con atención os habréis fijado que he dicho «antes de que apareciera Ismael». Y es que la llegada del italiano me dejó hecha un lío. De repente no sabía qué pensar. Escuchaba una canción bonita y no tenía claro a quién tenía que visualizar en el videoclip que se inventaba mi cerebro. A ratos imaginaba a Arturo, pero antes o después acababa apareciendo Ismael, con su acento raro, sus vaqueros rotos y su delantal de cocinero (a veces también salía su tiramisú, pero era sólo cuando tenía el estómago vacío). Y lo mismo ocurría en mis sueños. Si soñaba con Arturo, Ismael conseguía infiltrarse, como un polizón, y aparecía en el momento menos pensado, empezaba a hablar, hablar y hablar, hasta que Arturo se iba o, simplemente, se esfumaba. No había modo de expulsarle de mis pensamientos, y eso empezaba a preocuparme de verdad. ¿Sería amor todo ese lío de sueños y video-clips? ¿Sería ese virus terrorífico que llevaba meses revoloteando a nuestro alrededor, esperando el mejor momento para atacarnos?

En éstas, llegó el día de la mudanza de la abuela. Cajas y más cajas bajaron del camión y entraron en el piso nuevo, y se fueron diseminando por las habitaciones, los pasillos, la cocina, los balcones y hasta los cuartos de baño. Mi abuela, en la puerta, parecía un guardia de tráfico. Leía lo que ella misma había escrito en cada caja levantando la cabeza y bajando los ojos hasta la parte inferior del cristal de sus gafas, y una vez analizado, ordenaba:

—Ésta, al salón.

O bien:

—A la cocina. Sobre el mostrador.

Todo el mundo estaba muy agitado allí. Incluso mi madre, que andaba de un lugar a otro sin saber muy bien dónde esconderse.

Cuando todo terminó y los transportistas se marcharon, el piso nuevo quedó convertido en un juego de construcción gigante, repleto de cajas de todos los tamaños y colores. Ni la abuela ni Salvador tenían ni idea de dónde estaba nada, pero se lo tomaban con su habitual buen humor.

—¿Dónde tienes las cosas de la cocina, mamá? —le preguntaba mi madre a Teresa.

Teresa se encogía de hombros.

—¿Y las del baño?

—No lo sé.

—¿Ni siquiera las toallas?

—Pues no, ni las toallas.

—¿Y las sábanas?

—Las sábanas tampoco.

—Pero, por Dios, mamá, ¿dónde vais a dormir esta noche?

La abuela no perdía su sonrisa.

—Tú tranquila, cariño, que siempre nos queda el sofá —señalaba el tresillo a medio montar, escondido bajo una montaña de cajas—. Además, faltan aún muchas horas para irse a la cama, algo se nos ocurrirá, ¿verdad, Salvador? —La abuela besó a Salvador, quien la abrazó por detrás antes de continuar con su tarea de buscar los objetos más necesarios entre el lío de bultos.

Mamá se echó las manos a la cabeza:

—¡Qué desorganización!, ¡qué desastre! ¿Cómo os voy a dejar así?

Típico de mi madre: preocuparse por lo que no preocupa a nadie. La abuela le quitó importancia:

—Venga, hija, no sufras tanto, que te vas a hacer vieja antes de tiempo.

Ése es el tipo de comentarios que molestan a mi madre. La conozco bien.

—Mira, mamá —contestó, con cara de muy pocos amigos—, sufro según lo que veo. Lo que no entiendo es cómo puedes vivir en este desorden constante. ¿Has pensado lo que vais a cenar? ¿Lo que vais a comer mañana? ¿O lo mal que le puede sentar a tu espalda dormir en el sofá? ¿La de cosas que tienes aún por hacer en esta casa? ¿Dónde vas a poner...?

Salvador miraba a la abuela, y ésta a Salvador con cara de: «Ya estamos otra vez.» Mamá, ajena a lo ridículo de la situación, continuaba con su lista de preguntas sin respuesta. Cuando terminó, la abuela le dio medio segundo para que recuperara el aliento perdido durante el discurso, y le dijo, sin elevar ni una pizca la voz:

—Agradezco tu buena voluntad, hija, pero estás hecha una cascarrabias. Deja que nos apañemos solitos, ¿de acuerdo? Eso es, precisamente, lo que estamos deseando.

Mientras esta escena se desarrollaba en el salón, yo esperaba a mamá husmeando por las habitaciones. Nada me llamaba especialmente la atención hasta que, en el cuarto misterioso, encontré una caja enorme en cuyo costado sólo había escrita una palabra, y no se correspondía con nada de lo que yo conocía de aquella casa. Una sola palabra, un acertijo, el motivo que nos llevaría durante casi todo el verano a formularnos preguntas y más preguntas: Lilian. ¿Sería un nuevo electrodoméstico?

No sé por qué, algo me decía que no.

Una mañana cualquiera del mes de julio. Yo, sentada frente al horrible libro *Vacaciones Campurriana*, abierto por la página del día (la fecha grandota, escrita en el encabezamiento), que correspondía a unos ejercicios de repaso de inglés y de matemáticas. En el centro de la página, una lista de verbos irregulares ingleses. Frente a mí, un tazón de leche con chocolate y un cruasán. Y en mi cabeza, revoloteando de un lado para otro, sólo una idea: el conjuro que íbamos a pedirle a Raquel.

No es fácil pedir un deseo, ésa fue la lección que aprendí aquella mañana (y no venía en el libro).

Imaginaos mi situación: de pronto frotáis el tazón del desayuno y de entre los cereales surge un genio verde, gordo, calvo y con un taparrabos dorado y os dice, así de pronto, que formuléis un deseo. ¿Tenéis claro lo que le pediríais? Debería ser algo útil, claro, pero también especial, mágico. Mejor si duraba mucho tiempo y si beneficiaba a alguien más. Pedir dinero parece muy vulgar, porque hay cosas muy importantes en la vida que no dependen del dinero, aunque en un primer momento os cueste saber cuáles. Tampoco es plan pedirle al genio un teléfono móvil, una moto, o tener de pronto cinco o seis años más, porque todas esas cosas tienen su lado malo. Además, no conviene abusar de los genios que van apareciéndose por ahí a la gente desprevenida, no vaya a ser que se cansen de nosotros y dejen de hacerlo.

Seguía yo dándole vueltas a eso cuando entró mi madre y miró el cuaderno a vista de pájaro.

—¿Todavía así? No saldrás hasta que termines todo lo que toca para hoy.

Intenté aplicarme: s*teal, stole* y un espacio en blanco. Cogí el lápiz y escribí: *steling*. Mi madre echó un vistazo a mi taza, dijo «y tómate el desayuno» y salió de la habitación.

«Es duro ser una preadolescente incomprendida», pensé.

Pensé que la música me ayudaría a verlo todo más claro. Elegí una de mis últimas adquisiciones: *Pulse*, de Front 242. No os asustéis. En música y en chicos, mis gustos parecen muy discutibles a casi todo el que me conoce. Para mí todo lo que no es música electrónica es ruido. Igual estoy equivocada, pero eso no me hace cambiar de opinión.

Volví a la cuestión: otro verbo irregular: *rise* y dos espacios en blanco. Escribí, con gran seguridad: *rose, raisen*.

Luego estaban todas las cuestiones prácticas de mi futuro deseo. ¿Y si pedía algo que me pudiera servir para el día de mañana? Por ejemplo, vivir hasta los cien años o no pagar nunca más la factura del teléfono. Aunque, por otra parte, me apetecía disfrutar de mi deseo lo antes posible. Mamá suele decir que soy impaciente, como si eso fuera malo. En resumen: estaba hecha un lío.

Cuando mi madre volvió a entrar me encontró jugueteando con los cuernos del cruasán mientras contemplaba el cuarto verbo irregular de la lista con la cabeza muy lejos de allí.

—Ay, hija, yo no sé en qué pasas el tiempo —observó.

Y eso que aún no había empezado a pensar en Ismael. Eso vendría después.

Aquel día tuve suerte: una visita inesperada me salvó de mi rato de tortura estudiantil. Eran nuestras vecinas: Isabel, Analí y Sandrayú, casi la familia al completo. Sandrayú estaba muy risueña y con ganas de armarla:

—Hola, chicos —saludó la peque al vernos.

Mamá y yo nos echamos a reír.

—Eso lo ha aprendido en una película —explicó mi amiga.

Sandrayú salió corriendo hacia la mesa donde estaban mis cosas. Corría como si los pies le pesaran mucho pero no le importara. Se reía.

Mamá le ofreció café a Isabel, y las dos se metieron en la cocina.

—Vigila que no haga de las suyas, Analí —le dijo a su hija mayor.

Analí bajó la voz para decir:

—Mi madre está muy enfadada. Esta mañana, Sandrayú ha pintado la pared.

—Pintaroparé —repitió Sandrayú, que observaba con detenimiento la colección de búhos de cerámica de mamá.

—Le ha caído una buena reprimenda.

—Sandrayumarana —dijo la peque, mientras se ponía de puntillas tratando de alcanzar alguna de las piezas más simpáticas de la colección.

—Mamá le ha dicho que era una marrana por ensuciar así.

—Sandrayumarana —repitió la aludida.

Me di cuenta de que Sandrayú ya llegaba con facilidad a algunos de los estantes del mueble del salón. Me acordé de la primera vez que la vi, poco después de que sus padres la trajeran de China, donde fueron en familia a buscarla: era pequeña como un microbio, estaba desnutrida y no intentaba caminar, aunque tenía ya un año. En pocos meses, aquella canija de importación había recuperado el tiempo perdido: había engordado, crecido, caminaba, corría y empezaba a hablar con bastante propiedad. El problema era que, a excepción de su madre, casi nadie la entendía. Por eso Isabel y su servicio automático de traducción simultánea procuraban estar siempre cerca de la niña. Cuando Sandrayú decía, por ejemplo:

—Unbidechesplate.

Enseguida saltaba su madre y decía:

—Quiere un biberón de leche con chocolate.

O si Sandrayú opinaba:

—Saperdíopatillaquemos.

Isabel traducía:

—Se le han perdido las zapatillas. Busquemos.

O bien:

—Pururonesmomateícos.

Saltaba la madre:

—Los macarrones con tomate están ricos.

El idioma que hablaba Sandrayú era muy diverti-do. En aquel momento, por ejemplo, contemplaba un búho de barro, hecho a mano, de ojos enormes y salto-nes, y decía:

—Un señor.

Su hermana se acercó:

—No, cariño, esto no es un señor. Es un búho.

Sandrayú la miró frunciendo el ceño, analizó aque-lla información con mucha rapidez y concluyó:

—Un señor.

—Bueno, pero déjalo donde estaba. Ponlo en su sitio.

Sandrayú no parecía muy dispuesta a acatar aque-lla orden.

—Venga, no me hagas enfadar. Ponlo en su sitio.

Cuando mi amiga fue a coger el búho para dejar-lo en la estantería, el renacuajo tuvo un ataque de ge-nio:

—¡No! —exclamó, mientras apretaba el búho con-tra su tripa.

No parecía nada dispuesta a devolvernos la figurita.

—Venga, no te pongas pesada o llamo a mamá. Dámelo.

—¡No! —insistió ella, cada vez más firme (y ya al borde de una rabieta con gritos y patadas incluidos).

Así que Analí optó por intervenir de un modo más contundente. Le quitó el búho en un momento de despiste y lo dejó en su lugar de la estantería, junto a los demás.

Fue lo peor que podía haber hecho. En cuestión de segundos, Sandrayú tuvo una de sus pataletas (famosas en todo el vecindario), barrió con una mano el estante de los búhos (cayeron al suelo unos doce, se rompieron cinco, pero logramos pegar dos, podría haber sido mucho peor). Al oír el ruido, las madres regresaron de la cocina. La mía se llevó la mano a la frente. La de Analí le dio a su hija pequeña un par de cachetes en el trasero y se la llevó a su casa, entre berridos que atronaron toda la escalera, después de un breve comentario a mi madre:

—Mañana seguimos hablando de eso.

Nosotras también nos llevamos parte de la bronca.

—Deberíais estar más pendientes de Sandrayú. Las mayores sois vosotras. Sí que estamos apañadas.

La peor parte vendría después, en privado, cuando mi madre me soltó todo aquello de que «si hay gente extraña en casa tú eres la que debe cuidar de las cosas y si hubieras estado más pendiente los búhos no se hubieran roto, a ver dónde encuentro yo ahora unos búhos como ésos, si hacía veinte años que los tenía y ni me acuerdo ni de dónde los saqué, jo, hija, es que no puedo despistarme ni un segundo».

En fin. Lo mejor de todo el jaleo fue que mamá tomó una decisión fantástica:

—Más vale que os marchéis para que pueda recoger todo esto.

Genial. Por un día, me había librado del odioso cuaderno de vacaciones.

Enseguida les conté a las chicas lo de la palabra misteriosa escrita en una de las cajas: Lilian. Fue uno de los temas de debate de aquel arranque de las vacaciones. No conseguimos sacarle a Lisa de la cabeza sus ideas estrambóticas:

—Aquí hay algo raro —dijo—, es evidente.

Cuando se lo propone, Lisa se parece a Sherlock Holmes (aunque sin bigote ni pipa ni sombrero ni capa ni Watson ni Londres ni etcétera).

—¿Qué significa Lilian? —quiso saber Analí.

Lisa saltó de inmediato:

—¡Ajá! Eso es, precisamente, lo que tenemos que averiguar. Parece un nombre pero, ¿alguien le ha oído a Teresa o a Salvador hablar alguna vez de alguien llamado Lilian?

—Nunca —contestó Analí.

Lisa se puso muy seria para ordenar:

—Que conteste su nieta.

—Nunca —repetí yo.

—Me lo temía. Entonces, es todo mucho más complicado. Aunque igualmente lo averiguaremos.

Nunca se nos había ocurrido pensar que a Lisa le gustaba ejercer de detective. Todo aquello era nuevo para nosotras, sus amigas del alma. Lo cual, por cierto, no viene sino a confirmar una de las teorías favoritas de mi padre, que además de cocinero es un filósofo: No hay gente tan aburrida que no sea capaz de dar, por lo menos, una buena sorpresa.

Lisa continuó:

—Hay que encontrarle una explicación al «caso Lilian». Para empezar, sólo se me ocurre una cosa, aunque no sé si dará resultado.

Analí y yo, igual de intrigadas, nos interesamos a un tiempo por lo que había que hacer.

—Le preguntaremos a Teresa —contestó la chica diez.

Hubo algunos «pffffs», algunos «buah» y gestos que, en resumen, significaban: «¿Y eso es todo lo que se te ocurre, piltrafilla?», pero Lisa contraatacó enseguida con su mejor argumento:

—Muy bien, si alguien tiene una idea mejor, que la exponga.

Hubo un silencio absoluto que Lisa aprovechó para zanjar la cuestión como hacen los grandes detectives:

—Si no habláis ahora, mejor calláis para siempre.

Analí y yo nos miramos, como preguntándonos qué demonios debía de estarle sucediendo a nuestra mejor amiga. Seguro que la respuesta no debía de ser muy complicada.

—Perfecto. Empezaremos por preguntarle a Teresa. Lo lógico es que lo hagas tú, Julia. ¿Tienes algún impedimento?

—Ninguno —dije—, y problema tampoco.

—Muy bien. Cuando te conteste analizaremos con todo detalle la respuesta.

Asentimos y nos separamos. Yo me había citado en la zapatería con mi madre, un plan nada apasionante. Mientras me probaba sandalias de todos los colores no podía dejar de pensar que ese juego de detectives en el que nos había metido Lisa me iba a divertir mucho. No podía entonces ni imaginar cuánto y de qué manera.

Nos costó mucho trabajo lograr el consenso acerca de lo que había que pedirle a Raquel. Después de decir muchas tonterías, de beber mucha agua con gas y de alguna que otra discrepancia (que resolvimos sin dificultad), llegamos a la conclusión de que lo mejor sería pedirle a Raquel un conjuro de buena suerte.

—En la buena suerte cabe todo lo bueno —dijo Analí, que a optimista no tiene rival.

Por un momento, barajamos otras posibilidades, como el amor o la prosperidad (es decir, el dinero, la pasta, las pelas, la plata, la lana, la guita o como queráis llamar a eso que no da la felicidad), pero las descartamos. El dinero, porque a ninguna nos interesaba mucho (lo descubrimos ese día, ¿sorprendidas?); el amor, porque estaban las cosas un poco revueltas y ninguna de las tres fue capaz de formular una petición concreta con respecto a ese tema. Finalmente, aquello de la felicidad nos pareció lo más oportuno, y con esa idea nos pusimos en camino hacia el taller de Raquel.

Estuve a punto, mientras paseábamos, de contarles lo de Ismael. Si no lo hice fue por dos motivos principales:

1. Porque Analí no paró de hablar, hablar y hablar (como en ella suele ser habitual) de lo cercano que estaba el cumpleaños de Lisa y que teníamos que organizar una fiesta muy especial para celebrarlo.

2. Porque ellas ni siquiera le conocían y yo no sabía muy bien qué tenía que contarles. ¿Que Ismael me había preguntado si quería ser su novia y desde entonces se me había bloqueado el cerebro? Porque eso era, exactamente, lo que me había pasado: tenía el cerebro bloqueado, dividido en compartimientos estancos, lleno de celditas como un panal de abejas que, sin embargo, no conseguían establecer contacto entre sí, y me sentía confusa, más confusa que nunca.

También nos quedamos un poco confusas cuando llegamos al taller de Raquel y encontramos cerrados los enormes portones que daban a la calle. Jamás nos había ocurrido: nuestra amiga la maga era muy estricta con los horarios, y nunca faltaba a la cita con su público adicto a las cuentas de colores. Además, no encontramos ningún cartelito donde se anunciara, como ya empezaba a pasar en el barrio, que la gente había decidido marcharse de vacaciones. Eso nos desconcertó más aún. Tanto como descubrir que en el buzón había correspondencia de varios días. Lisa, tan atrevida como siempre, metió sus delgados dedos por la ranura del buzón y extrajo algunas de las cartas, que observó con atención.

—Tienen matasellos de hace una semana —dijo.

—Eso no quiere decir nada —salté yo.

—Además, son de días diferentes —continuó, mientras miraba algunos sobres.

Analí fruncía el ceño y achinaba los ojos (lo cual, en ella, es una redundancia, claro). Preguntó:

—¿Y eso qué significa?

—Puede que lleve fuera varios días. —Lisa adoptó una actitud muy profesional para añadir—: Quizá desde que la vimos por última vez.

A mí eso de «por última vez» me sonó tan mal que hasta noté que un escalofrío recorría mi médula espinal. De pronto Lisa detuvo su mirada en algo. Era una postal. Por el lado que nosotras veíamos, sólo se apreciaba la fotografía de un volcán en erupción. Por el otro, en cambio, debía de decir cosas terribles, porque Lisa abría mucho los ojos y boqueaba, como un pez fuera de su acuario.

Antes de que Analí y yo nos lanzáramos sobre la

postal, Lisa todavía tuvo tiempo de ladearse un poco, echar hacia atrás su preciosa melena rubia, chasquear la lengua y, en el más puro estilo de las películas de buenos y malos, decirnos:

—Chicas, esto me huele mal.

primeras lecciones
para aprender
a tener novio

Uno de mis problemas más graves era que no tenía ni idea de lo que significaba ser la novia de alguien. ¿Había que hacer algo especial? ¿Tenía que renunciar a ver a mis amigas? ¿Tendría que regalarle algo a Ismael el día de los enamorados? ¿Debía dar la noticia en casa? No tenía muy claro que ser la novia de Ismael fuera a gustarme, aunque él me gustaba bastante.

Decidí preguntárselo a mi abuela, junto con aquella otra cuestión que tenía que formularle. Me presenté en su casa en el peor de los momentos: Salvador estaba subido a una escalera, con la taladradora en la mano, haciendo agujeros en las paredes.

—Estamos colgando algunas cosas —dijo mi abuela cuando pasamos al salón.

Saludé a Salvador y continuamos hacia la cocina. Teresa estaba poniendo un poco de orden entre las ollas, las cazuelas, los vasos y las mil y una cosas que suelen amontonarse en las cocinas de un ama de casa cualquiera. Pero, como mi abuela no es un ama de casa cualquiera, tiene también cocteleras, moldes de todo tipo, flaneras, un wok enorme, cerca de tres docenas de electrodomésticos pequeños de los cuales ninguno hace nada imprescindible (aunque cada uno tiene su nombre) y hasta alguna pecera sin pez y alguna jaula de canario sin canario. En fin. En mitad de este caos que más bien parecía una tienda de *Todo a un euro* empezamos a hablar de cuestiones fundamentales de la vida, como por ejemplo, las ventajas y desventajas de tener novio.

Le pregunté si era normal que se te erice el pelo cuando alguien te habla al oído.

—Qué pregunta más rara, Julia —observó mi abuela, pasando un trapo por unas copas—. ¿Quién te habla al oído?

—Ismael, el del italiano —reconocí, mientras notaba que empezaban a arder mis mejillas.

—¿Ese canijo? —soltó una carcajada Teresa.

—Es muy guapo —protesté.

Mi abuela pareció quedarse pensativa. Empezó a guardar las copas en uno de los armarios.

—Está claro que sobre gustos no hay nada escrito, pero deben de haber cambiado mucho los cánones de belleza en los últimos años. Ese muchacho, en mi época, no habría tenido ningún porvenir como ligón. Y, por lo que dices, ahora lo hace bastante bien, ¿no? ¿Te dijo cosas bonitas?

—Habla muy bien. Y me gusta su acento.

Se me quedó mirando como si siguiera meditando sus cosas. Fue en busca de más cacharros. Los encontró un poco más allá, en el mostrador: un juego de sartenes. Anduvo con él un rato por la cocina hasta que las metió dentro del horno, como mi madre, que se queja siempre de tener el horno lleno de cosas pero siempre mete cosas en el horno, a ver quién lo entiende. Luego volvió a mirarme.

—No sé cómo decirte algo que puede que te desilusione un poco, Julia, pero tengo que hacerlo: supongo que sabes que los italianos tienen fama de ligones empedernidos.

Soltó esta frasecita abominable y siguió con sus cacharros, tan campante. Desde el salón nos llegaba el ruido de la taladradora de Salvador funcionando de modo intermitente. Yo intenté disimular mi enfado, pero creo que no lo conseguí demasiado. Me salió una frase bastante encendida:

—No esperaba que, precisamente tú, me soltaras ese tópico, abuela. ¿Y qué dicen de los rumanos? Tú misma me has dicho muchas veces que no se puede juzgar a la gente como si fueran rebaños de seres clónicos. Además, no conoces a Ismael. No es justo que hables mal de él.

Me quedé un momento quieta y encogí un poco los hombros, creo que por instinto, como quien espera que le caiga el chaparrón que acaba de desencadenarse. Si le hubiera soltado una frase similar a mi madre, las cosas no hubieran acabado de forma pacífica, os lo aseguro. Menos mal que la abuela es diferente. Se detuvo en mitad de la cocina con un aparato rarísimo en la mano y reconoció su error:

—Tienes razón, hija. Toda la razón. Yo no soy

quién para decir algo así. Ni yo ni nadie. Y a ese chico no le conozco, es verdad. Seguro que si te has fijado en él es porque tiene méritos. Lo retiro, ¿de acuerdo?

En ese momento escuchamos un gran estrépito en el salón. La abuela soltó un:

—¡Dios mío!

Y salió corriendo hacia allí y yo tras ella. Encontramos a Salvador apoyado en la silla, con una mano en el pecho y la ropa igual que si por aquella zona hubiera llovido yeso.

—Creo que he apretado demasiado —dijo, resoplando— y me he cargado media pared. No ha pasado nada, tranquilas, ahora arreglo esto.

Se refería a un agujero del tamaño de un tomate por el que se veían los ladrillos. La abuela torció un poco el gesto y regresamos a la cocina, mientras Salvador iba en busca de un cazo donde hacer una mezcla de masilla para la pared. Una vez solas, la abuela miró a su alrededor:

—¿Qué estaba...? Ah, ¡claro! Iba a guardar a Frígida, pobrecita, aquí está. —Cogió de nuevo el cacharro estrambótico, que parecía un sacapuntas gigante.

—¿Qué es eso, abuela?

—¿Esto? Una picadora de hielo. Creo que la he usado dos veces en toda la vida. ¿Verdad que es original?

Lo era, desde luego. Tanto como inútil. Yo regresé a mis preocupaciones vitales:

—Cuando se tiene novio, ¿se puede seguir saliendo con las amigas? —pregunté.

—Mujer... Pues claro. Todo es cuestión de dejar las cosas claras desde el principio. Cada cual debe mantener su parcela: sus gustos, sus aficiones, sus amistades. Aunque al otro no le guste, debe entenderlo. Además, es muy sano para la pareja, recuérdalo.

—Pero si tengo que salir con él, tendré que dejar de ir alguna vez con Lisa y Analí. Ahora nos vemos todos los días.

—Claro, siempre hay que sacrificar algo. —Ahora Teresa enjabonaba el wok con mucha dificultad: era tan grande que no cabía en el fregadero.

—Pero es que yo no quiero dejar de salir con ellas ni un día —repliqué.

—Entonces, hijita, tal vez no te guste suficiente ese Ismael. Tienes que pensarlo muy bien y, me temo, en eso ni yo ni nadie podemos ayudarte.

No esperaba una respuesta de ese tipo. De hecho, esperaba que Teresa, como de costumbre, resolviera mis problemas, hiciera eso que habitualmente se denomina «sacarle a otro las castañas del fuego». Debió de ver mi cara de chasco, porque de inmediato me preguntó (a la abuela nadie la gana a psicóloga):

—¿Decepcionada?

Me encogí de hombros. Lo estaba, y mucho, pero preferí guardármelo para mí sola.

—Tal vez todo se solucione con un poco de tiempo.

Me agarró de la barbilla. Es un gesto de cariño que me encanta y que mi abuela repite a menudo.

—¿Qué quieres decir? —pregunté.

—Que sólo tienes doce años, hija. Todo está a punto de empezar en tu vida, pero no quieras correr tanto que te saltes las primeras escenas.

Si algo resulta odioso cuando tienes doce años es que alguien te recuerde que tienes doce años. Es el típico comentario que nunca hubiera esperado de mi abuela. Aunque tampoco podía imaginar lo que vino cuando formulé la pregunta misteriosa:

—¿Qué significa Lilian, abuela?

Se puso nerviosa. La pillé por sorpresa y sin ganas de dar explicaciones. Fue evidente.

—¿Dónde lo has visto? —quiso saber.

—En una de las cajas, el otro día, en el cuarto que no es de nadie.

Dudó. Se aturulló. Pensó la respuesta. Se le notaba a la legua que estaba mintiendo cuando dijo:

—Mmmm... Pues no lo sé. ¿Lilian, dices? Tendré que mirarlo. Igual han traído cajas de otra mudanza, qué gracioso sería, ¿verdad?

Me fui de allí mucho más mustia de lo que había llegado. Dejé a la abuela buscando un lugar para Fermín, el molinillo y para Justa, la báscula, y a Salvador jugando a las cocinitas con la masilla de la pared.

Cuando llegué a casa mamá me recordó, del modo conciso y directo en que ella acostumbra a dar las noticias, lo que tenía que hacer a continuación:

—Aún te quedan tres ejercicios.

Se refería al odioso libro *Vacaciones Campurriana* y los tres ejercicios eran de matemáticas. No hay nada en el mundo peor que las matemáticas. Me senté a la mesa del salón, junto al ventanal, con un vaso de zumo y mi peor castigo, y traté de concentrarme en las divisiones con comas que me miraban desde la página y que debía resolver. Sin embargo, en lo único que lograba pensar era en qué pasaría si de pronto se cayera el libro por la ventana, justo en mitad de la calle momentos antes de que pasara uno de esos vehículos de limpieza municipales que van echando agua y frotando el suelo con dos cepillos redondos y rasposos. Quedaría destrozado, inservible, un amasijo de pasta de papel, listo para ser devorado por un contenedor, o para ser reciclado de inmediato en un tebeo de *Bone*, mi héroe de cómic favorito.

«Seguro que mamá me compraría otro enseguida —pensé, bajando de las nubes. Y más aún—: Sería todavía peor, porque tendría que repetir los pocos ejercicios que ya he hecho.»

Decidí que era preferible que el libro se quedara donde estaba.

El segundo pensamiento que se infiltró entre mi atención y las divisiones fue Ismael. La abuela no me había resuelto nada. A mamá no podía preguntarle. Con mis inseparables no quería hablar de eso. De modo que estaba sola en la vida. Sola con un puñado de divisiones con comas que no tenía ganas de resolver y con un dilema en el que ni mi abuela quería ayudarme.

En éstas entró mamá y yo adopté una de esas expresiones de estar más-concentrada-que-nunca, que ninguna madre se traga. Por eso la mía se acercó a mí, puso los brazos en jarras y lanzó la pregunta fiscalizadora:

—¿Cuántos ejercicios llevamos?

No le podía decir la verdad pero tampoco podía mentir. Adopté la mejor solución: no decir nada. Mi madre lo vio de otra manera.

—¿No me has oído? Te he hecho una pregunta.

Me mantuve firme en mi estrategia, ya que estaba convencida de que era la mejor. Mi madre, cada vez más furiosa, decidió tomar cartas en el asunto. Cogió el libro y lo acercó a sus ojos. El brusco movimiento hizo que saliera despedida de su interior una tarjeta postal, que se posó junto a una de las patas del sofá por el lado de la ilustración, dejando al descubierto un paisaje extraño. Mamá se agachó para recogerla mientras analizaba la página de las divisiones. Por un momento mantuve la esperanza de que su interés por el cuaderno impediría que se fijara en la postal, pero me equivoqué. Sé por experiencia que con las madres es muy fácil equivocarse. La mía desvió un momento la mirada del libro infame para posarla en el paisaje insulso, y esa curiosidad incontrolable que afecta a todas las progenitoras del mundo la impulsó a darle la vuelta a la postal y a leer lo que había escrito por el otro lado.

Me llevé las manos a la cara, para no verlo. La expresión de mamá cambió de la curiosidad a la sorpresa y de la sorpresa al enfado. Cuando me preguntó por qué estaba allí aquella postal y, sobre todo, cuando yo le di explicaciones, las cosas empeoraron mucho. Me castigaron sin salir durante tres días. Podría haber sido peor. ¿O no?

en tres días te pueden pasar muchas cosas raras

El primer día de un castigo es como el primer día de cole: hay tantas novedades que el tiempo se te pasa volando. Por ejemplo, ves cosas en televisión que no sabías ni que emitían. Un documental sobre embarazadas mayores de cincuenta años donde todo el mundo habla de antojos, comportamientos que sólo se dan durante el embarazo, cambios de humor y otras transformaciones. Como el mando está lejos, te lo tragas enterito, sin que se te ocurra siquiera pestañear durante los anuncios. Luego llega el segundo documental de la mañana: los canguros de Australia están desarrollando una mutación genética en sus cuerdas vocales que les hace relinchar como los caballos, o algo así (no sé si lo entendí muy bien). Y, como el mando sigue en la mesa y tú sigues en el sofá, no te preocupas por cambiar de canal y soportas con gran heroísmo la triste historia de los canguros australianos, hasta que no puedes más y te duermes a la mitad del documental.

Cuando te castigan a quedarte en casa también descubres lo apasionantes que pueden ser algunas ocupa-

ciones: por ejemplo, estar tumbada en tu cama mirando al techo y escuchando cedés durante horas (nadie
me ha castigado nunca sin música, eso sí sería terrible).
Otra ocupación interesante: espiar a la gente desde la
ventana. Sobre todo, a la gente conocida. Por mi calle
debe de pasar cada día todo el barrio. Aquella vez me
entretuve en contar las personas que pasaban por allí
durante una hora y luego hice el cálculo de cuántas serían en un día. Me salieron (sin contar las horas noc-
turnas) 1.785. No está nada mal para ser un barrio sin
apenas oficinas.

También es genial que vengan las amigas a visitar-
te, con la expresión compungida de estar visitando a un
preso en la cárcel o a un pariente en el hospital. Por
suerte, aquella vez el castigo no incluyó la prohibición
de recibir visitas.

Se quedaron anonadadas cuando se enteraron del
motivo del castigo:

—¿Vio la postal?

—¿La leyó?

—Ya lo creo que la leyó. Me acribilló a preguntas y
se enfadó mucho porque no contesté ninguna.

—¿Qué te preguntó?

—De quién es la postal, por qué la tengo guardada
en mi cuaderno de vacaciones, cómo ha llegado hasta
allí, qué pienso hacer con ella, qué significa lo que dice,
si sé lo grave que es todo lo que está haciendo...

—¿A qué se refiere? —preguntó Analí.

—No tengo ni idea. En realidad, todavía no sé si

me ha castigado porque robar la correspondencia de otro es delito, según dice, o por lo mucho que se asustó cuando le conté que Raquel había desaparecido. ¿Y sabéis lo que aún es peor?

Las dos abrieron mucho los ojos.

—Que ahora no me deja ir donde Raquel, dice que puede ser peligroso —expliqué.

—Yo también me estoy empezando a asustar, la verdad —dijo Analí.

—Bah, tonterías. —Lisa adoptó su aire de detective-sagaz-de-vuelta-de-todo—. Lo que pasa es que vuestras madres se creen todo lo malo que dicen en las noticias. Yo creo que deberíamos investigar. Podríamos empezar por llevar la postal a un amigo mío, que es grafólogo.

—¿Es qué? —preguntamos Analí y yo al mismo tiempo.

—Grafólogo. Es especialista en estudiar la personalidad a través de la escritura.

—¿Y para qué nos servirá algo así? —pregunté, sin entender nada.

—Nos daría una idea acerca de quién pudo escribir esa horrible postal —dijo Lisa—. Por lo menos, sabríamos por dónde empezar. Y puede que también supiera algo acerca del significado de esa frase tan rara.

Imagino que estáis deseando saber cuál era aquel mensaje misterioso que contenía la postal, ¿verdad? Pues voy a ser mala: todavía no os lo voy a contar.

Durante aquellos tres días observé que la gente se comportaba de un modo inesperado. La más destacable fue mi abuela. Llegó la segunda tarde de mi castigo.

—¡Anda! ¿Y tú qué haces aquí?

Por un momento pensé que se le iba a escapar algo sobre Ismael, pero no fue así.

—Estoy castigada —contesté.

—Ah. Vaya —murmuró, mientras sacaba de una bolsa algunas cosas que mamá le había encargado—. ¿Y tu madre? ¿No está?

—Ha ido un momento a casa de Isabel, la vecina.

—Pues cuando venga le dices que ahí le he dejado los congelados y que me marcho, que tengo hora en el médico.

—¿En el médico? ¿Estás enferma, abuela?

—No, hijita, no, es una revisión rutinaria.

—Ah.

—Y que me debe veinticinco euros. ¿Te acordarás?

—Claro.

Recogió su bolsa, se detuvo un momento frente a un paquete de calamares a la romana congelados y exclamó:

—Mmm, qué buena pinta tienen estos bichos. Si no me marcho, me los comeré ahora mismo.

Y se fue como si llevara mucha prisa.

Menos mal que se me ocurrió echar un vistazo a la mercancía que la abuela acababa de descargar en la mesa de la cocina. Con aquel calor, los congelados amenazaban convertirse allí mismo en una sopa. El agua ya rezumaba desde la mesa hasta el suelo, y en el suelo se había formado ya un charco que a muchos de los bichos que viven en nuestra cocina les hubiera parecido navegable.

En otra época no tan lejana, la abuela no se hubiera ido sin preguntarme por las causas del castigo, sin solidarizarse un poquito conmigo (aunque en el fondo estuviera de acuerdo con mi madre) y sin interesarse por cómo lo llevaba, con qué armas combatía el aburrimiento y cosas así. Pero desde hacía unos días la abuela parecía eternamente despistada, como si nada ni nadie le interesara más que lo que tenía ella en la cabeza, fuera lo que fuera. Al margen de las investigaciones peliculeras de Lisa, esto era lo que realmente me apetecía averiguar: en qué estaba pensando mi abuela, qué era aquello que le llenaba la mente hasta no dejarle espacio para mí. Porque era un asunto importante, de eso estaba segura. Importantísimo.

Otra que se volvió rarita en aquellos tres días fue Analí.

De pronto, la segunda tarde, no se presentó en mi casa.

—¿Y Analí? —le pregunté a Lisa.

—Su madre dice que ha salido.

—¿Ha salido? —me inquieté—, ¿sola?

Por su cara, se notaba que Lisa estaba tan extrañada como yo.

—¿Y adónde ha ido? —pregunté

—No lo sabe. O no ha querido decírmelo.

—Igual está con su padre —argumenté yo.

—No. Su padre estaba viendo la tele. Le he visto.

—Mmm, qué extraño. —Al pronunciar esta frase me di cuenta de que a mí también se me afilaba la nariz hasta parecerme un poquito a Sherlock Holmes—. ¿Tú qué crees?

Lisa estaba hecha un lío.

—No sé. Que habrá ido a comprar algo. O que igual está por ahí, con Gus, dando una vuelta.

—Pensaba que no la dejaban salir sola con Gus.

—Yo también.

Uno de los horrores de tener doce años: verte obligada a salir con tu mejor amiga y su chico porque no les dejan salir solos y se supone que tú sirves, entre otras cosas, para hacer favores de ese tipo. Qué cruz.

—Igual tiene amigas nuevas.

—También lo he pensado.

—Analí no nos haría eso —zanjó Lisa, y yo también estuve de acuerdo.

Unas tres horas más tarde llegó nuestra amiga. Traía la mayor cara de tonta que le recuerdo, como si de repente flotara en una nube a varios palmos del suelo. Sonreía todo el tiempo (incluso más de lo que en ella es costumbre) y, por si fuera poco, no daba explicaciones. No nos dijo nada, absolutamente nada, del porqué de su ausencia o de dónde había estado. Al contrario, cada vez que le preguntábamos contestaba cosas que le hacían parecer sospechosa del peor delito que se puede cometer: el de traicionar a tus amigas saliendo con otras amigas distintas.

—¿Se puede saber dónde has estado? —la interrogó Lisa, haciendo uso de su estilo más directo.

—He salido a hacer unos recados de mi madre. Un rollo.

Pero no tenía cara de rollo. Tenía cara de habérselo pasado genial. Además, no se lo dije, pero me di cuenta de inmediato de que estaba mintiendo.

—¿Y los recados qué tal?

—Ya os lo he dicho: un rollo.

—¿Y adónde has ido?

Finalmente, Analí se dio cuenta:

—¿Qué pasa? ¿No os fiáis de mí?

Ninguna de las dos se lo dijimos claro, pero creo que se ofendió un poco. Aunque, por alguna razón que también resultaba incomprensible, lo disimuló, diciendo:

—Me gustaría que organizáramos una maratón de películas como las del verano pasado. Propongo un tema, ya que a Julia le gusta tanto cocinar: pelis de cocineros. Yo elijo *Como agua para chocolate.*

Se me ocurrían muchas cosas que decirle, como por ejemplo que mi película favorita sobre cocineros es *Comer, beber, amar* que, precisamente, es china. El cocinero es un hombre mayor con cara de estar bastante triste (lo está, de hecho) que se pasa toda la peli friendo unas cosas muy raras en unas cazuelas enormes y preparando unos platos que hacen entrar un hambre horrorosa. Pero de pronto me sentía incómoda. No podía seguir hablando. Era como si representáramos una gran obra de teatro. El problema es que no sabía cuál era. Ni por qué motivo nos estaba pasando aquello.

De Ismael no supe nada en los tres días que duró mi cautiverio. No puedo decir que me importara mucho: así tenía más tiempo para pensar. Aunque, cuanto más reflexionaba, menos claras estaban las cosas. Además, comprobé que mi cerebro se desconectaba cada vez que yo pasaba más de cinco minutos pensando en Ismael. Algo parecido sucede en las casas cuando la red eléctrica va más cargada de lo que puede soportar: se funden los plomos. Aquella semana, mis plomos estuvieron a punto de fundirse en un par de ocasiones, y si no ocurrió nada fue, como siempre, gracias a mis inseparables.

La tercera tarde celebramos un cónclave secreto para hablar de la postal. Lisa llevaba la batuta, como siempre que jugábamos a los detectives.

—Veamos, ¿hemos averiguado algo? —preguntó.

—Nada —respondimos Analí y yo.

—¿Alguien tiene una idea sobre lo que puede querer decir?

Negamos con la cabeza.

—¿Hemos realizado una lista con todas las personas cuyo nombre empiece por P que conocemos?

Analí, siempre tan eficiente, sacó del bolsillo una

hoja de papel que había doblado en cuatro. La desplegó y leyó:

—Pepe, el quiosquero; Pedro Montes, el de la papelería; Pedro Martínez, de la asociación de vecinos (donde también hay tres Pedros, tres Pepes, dos Pacos, dos Pilares, un Pau y una Petronila); Ponç Marqués, el de las legumbres y su hijo Pere; Purificación García, la señora de la pesca salada y su dependienta, Petra...

—Resumiendo —la cortó Lisa, que ya se estaba aburriendo—, hay un montón de «pes» en el barrio.

—En total, he contado cincuenta y cuatro —añadió Analí.

—Muy bien, Analí, has hecho un gran trabajo. ¿Y tú, Julia? ¿Has conseguido vencer a la resistencia y lograr el objetivo?

«La resistencia», en este caso, era mi madre. «El objetivo» no era otro sino la postal, que mi madre había confiscado después de la bronca y el castigo. Ahora se trataba de recuperarla —«mejor por las buenas, porque a las malas podemos llegar a ser temibles», decía Lisa— y, a ser posible, sin que me cayera otro castigo. Una tarea muy difícil, por cierto, que me iba a llevar su tiempo. Exactamente eso le dije a mi amiga:

—No puedo hacerlo de hoy a mañana.

—Lo comprendemos, Julia, pero tú también tienes que entender que cuanto más tiempo pasa menos posibilidades tenemos de encontrar a Raquel.

—¿Por qué? —preguntó Analí, llevándose una mano al pecho y dando un respingo.

—No lo sé —contestó la jefa—, pero así suele ser siempre.

De pronto Analí miró el reloj y soltó otro gritito:

—Ay, qué tarde, tengo que irme.

—Estamos en mitad de la reunión —trató de retenerla Lisa.

Pero nada era capaz en aquel momento de retener a Analí, quien se limitó a decir:

—Lo siento mucho.

—¿Has quedado con tus padres? —pregunté yo, con más ánimo conciliador que curiosidad.

—Sí —exclamó ella—, bueno, no. No sé.

Ya desde la puerta, sólo logró añadir una frase:

—¡Mañana os lo cuento, chicas!

Esto es lo que decía la postal:

Hay personas —entre los que me cuento— que detestan los finales felices. Nos sentimos engañados. El mal es la norma. Nada debería entorpecer el destino.

Quiero tener destino prometido.

Estaba firmada por una única letra mayúscula: P.

—Es una frase horrible —opinaba mamá—, nadie que no sea un perturbado puede haber escrito algo así.

—Igual es parte de una obra literaria y se trata de un escritor, no tiene por qué ser un loco —dije yo.

—¿Un escritor? Ésos son aún peores que los locos.

Como solía pasar cada vez que mamá se disgustaba mucho por algo, papá no estaba de acuerdo o tenía otro punto de vista. A mí me parece genial que sea así, pero ellos lo llevan bastante mal, porque mamá es de esas que cuando se enfadan necesitan que toda la galaxia las secunde. Que papá nade contracorriente y le discuta sus posturas inamovibles la saca de quicio.

—Sólo es una frase, mi vida, deja que la niña guarde la postal —dijo papá, saliendo en mi defensa.

No tuvo mucho éxito, desde luego:

—¿Sólo una frase? Es más que eso: es una idea. Las ideas mueven el mundo. Por ideas hay quien se estrella en un avión contra un rascacielos y quien va a la guerra para que lo maten. Por ideas se odia y se mata. ¿Tú de verdad crees que eso no es importante?

Me entraban ganas de gritar:

—¡Viva mi madre la filósofa!

Me callé porque en este tipo de momentos críticos familiares, mi madre digiere muy mal la ironía.

Finalmente, sucedió lo que nunca hubiera pensado: esa noche, papá entró en mi habitación de puntillas y me trajo la postal que habíamos encontrado en el buzón de Raquel.

—Toma, hija —susurró—, aquí tienes la postal.

—¿Mamá me la devuelve? —pregunté.

—Mamá no sabe nada. Vamos, que me la estoy jugando por ti —bromeó—, espero que merezca la pena.

Le di un abrazo de oso. Por si no lo conocéis: es un

abrazo que se da con los brazos y las piernas, un abra-
zote con todas las ganas, de los que impiden respirar.
Es un ejercicio muy recomendable, probadlo y ya me
diréis.

—¿Ves? Ya ha merecido la pena —dijo mi padre
antes de salir de mis dominios.

Me encanta que papá venga a mi cuarto, pero casi
nunca lo hace. O, si lo hace, es siempre en plan visita
diplomática: mira un poco por aquí y otro poco por
allá, deja caer algún piropo:

—Qué bonita esta foto.

O:

—Qué bien hecho, este dibujo.

Y, como mucho, se extraña de algunas novedades
que nunca lo son:

—Anda, ¿esta silla es nueva?

(Se refiere a mi silla anatómica, mi favorita.)

—No, papá, es la que me regalasteis hace tres vera-
nos, por mi cumpleaños.

—Ah, mira qué bien —exclama entonces mi padre,
como si le dejara muy tranquilo saber que la silla lleva
ahí tres años.

También puede ser que mi padre venga a mi habitación en situaciones de urgente necesidad, como la
que os estaba contando. Si es así, no suele fijarse en nada de lo que está a nuestro alrededor, se sienta al borde de mi cama, me acaricia el pelo (en estos casos suele
venir de noche, cuando me voy a dormir o por la mañana, muy temprano, antes de que mamá se levante) y me

susurra cosas que siempre me gustan mucho aunque me sepa de memoria. Por ejemplo:

—Tu madre tiene mucho genio, pero te quiere mucho, hijita. Tenéis que hacer un esfuerzo por llevaros bien.

O:

—Desde que tu abuela decidió cambiar de vida, mamá ha estado muy nerviosa, no es culpa suya, es su manera de ser.

Resumiendo: me encanta que papá venga a mi cuarto y me dedique un tiempo que sólo es suyo y mío.

Cuando, en cambio, es mamá la que llega, me echo a temblar. Ella entra como lo harían las fuerzas de ocupación en un lugar en guerra: dando portazos, refunfuñando, disparando reproches mientras recoge del suelo la ropa sucia (que a veces no lo está), analizando cada detalle de cada rincón como si en cualquier momento fuera a tirarlo todo a la basura y, por supuesto, dando órdenes (eso le encanta):

—Cuando tengas un rato, Julia, te dedicas a ordenar tu armario, que parece una leonera.

O también:

«Vacía la papelera», «Recoge los discos» o «Trata tu ropa un poco mejor».

Creo que eres mayor de verdad el día que nadie se mete en cómo tienes tu cuarto o qué haces con tu ropa.

La primera tarde en que gocé de libertad condicional, me fui directa a ver a Ismael al restaurante donde trabajaba su padre. Pregunté por él, pero el señor con bigote me gritó, desde detrás del mostrador, que había salido y que no tenía ni la menor idea de cuándo regresaría. Me tomé un helado mientras esperaba a las chicas en el bar que hay frente a nuestra casa. Tenía por delante una espera bastante larga, pero por nada del mundo quería regresar a casa, así que intenté distraerme como pude: le di conversación a mi vecino de mesa, acaricié al perro del propietario del bar y jugué un poco con su hijo. Cuando ya no quedaban restos de mi helado, mi aburrimiento iba en aumento y aún faltaban cuarenta minutos para que aparecieran las chicas, llegó Salvador. Estaba sudoroso y parecía muy atolondrado. Me pidió permiso para sentarse conmigo a descansar un poco y yo, por supuesto, se lo di. Pidió un refresco y enseguida pareció mucho más tranquilo.

—Todo esto del piso nuevo y los preparativos me está matando —dijo, todavía resoplando.

—¿Os queda aún mucho por hacer? —pregunté.

—Y yo qué sé, si a tu abuela se le ocurren cosas nuevas cada día. Ahora anda por ahí, comprando de todo, y me mete prisa para que pinte la habitación. Quiere tenerlo todo listo.

—Pensaba que ya habíais pintado vuestra habitación —dije, un poco sorprendida.

—No, mujer, no estoy hablando de nuestra habitación, sino de otra, la que va... —Hizo una pausa brusca, congeló la sonrisa, arqueó las cejas y preguntó—: ¿Tu abuela no te ha dicho nada?

Negué con la cabeza.

—Vaya, vaya, vaya...

—¿Qué es lo que debía decirme? —pregunté.

A partir de este momento, Salvador volvió a sudar y a atolondrarse:

—Eh..., éste..., bueno... no, en realidad, nada. O sí, pero prefiero... me gustaría... En fin, pregúntale a tu abuela. Yo ahora tengo que irme. Ya te he dicho que estamos en pleno jaleo.

Se levantó a toda prisa, pagó las consumiciones y se marchó, dejándome a mí con una empanadilla de pensamientos en el cerebro y el asombro mayor de mi vida. En ese momento empecé a darle la razón a Lisa: había algo misterioso en la habitación vacía. Pero, ¿qué era exactamente? He aquí una nueva oportunidad de jugar a las detectives.

Decidí ir en busca de Analí.

—Ha salido con Lisa —me dijo su madre.

Genial. Sólo me quedaba una solución: regresar al bar y ponerme morada a helados.

Volví al bar. Lisa no tardó en llegar, de modo que no tuve necesidad de ahogar mi soledad en vainilla y chocolate.

Venía sola. Le pregunté por Analí. Segunda sorpresa de la tarde:

—No tengo ni idea, estará en su casa.

—¿No estaba contigo? —pregunté.

—¿Conmigo? No.

Así fue como descubrí que Analí había mentido a sus padres. Decidí no decirle nada a Lisa. Hay cosas que no deben contarse, ¿no creéis? Además, igual se trataba de un error.

Con tantas emociones, casi me olvido de darle la postal a Lisa.

—Enhorabuena —dijo ella, muy contenta—, has conseguido rescatarla de las manos de la fiscal general.

—Ha sido mi padre —expliqué.

—Sí, los padres suelen entendernos mejor —contestó ella, mirando la extraña cita de la postal—, se la llevaré hoy mismo a mi amigo. ¿Has vuelto a pasar por el taller de Raquel?

Negué con la cabeza. Mis pensamientos, sin que pudiera evitarlo, me estaban llevando muy lejos de allí.

—Yo acabo de pasar por allí y todo sigue igual. Ni rastro de ella, las puertas cerradas y la correspondencia por el suelo. ¿Y sabes lo que más mala espina me da? Que...

Me interesaba lo que me estaba diciendo Lisa, pero la voz que sonaba en mi cerebro se hacía más y más fuerte. En aquel momento, dónde estuviera Raquel me preocupaba sólo un poco, lo que de verdad me tenía inquieta era aquel asunto de mi abuela. Me acordé del día de los calamares, del médico, de las rarezas repentinas de Teresa, de aquel documental que había visto en la tele, de los comentarios de mi madre durante los últimos días, de la caja extraña en la habitación vacía, de las prisas de Salvador..., y de repente, así, sin previo aviso, lo vi todo claro. Se encendió una luz en mi cabeza y exploté. Lisa se quedó de piedra cuando la corté para decir:

—¡Lisa, creo que mi abuela está embarazada!

los mentirosos no merecen vacaciones

Por fin encontré a Ismael. En cuanto me vio corrió hacia mí y me estampó un par de besos en las mejillas.

—No sabía qué te pasaba, Julia, y no se me ocurría qué hacer. Estuve a punto de ir a tu casa varias veces —me dijo.

«Menos mal que no lo hizo», pensé. No habría sabido cómo explicarle a mi madre ni su presencia ni aquel entusiasmo suyo tan raro.

La pregunta que yo temía llegó enseguida:

—¿Has pensado en lo que te dije?

Una de las cosas que no me gustaba nada de Ismael era su estilo tan directo, casi agresivo. Conseguía ponerme nerviosa cuando lo normal, con casi todos los chicos que había conocido hasta ese momento, era que les pusiera nerviosos yo a ellos.

—Sí —le dije—, lo he estado pensando mucho. Pero la verdad es que no lo tengo nada claro. Necesito más tiempo.

—Claro, preciosa; pero ten mucho cuidado, no

vayas a provocar cortocircuitos en tus neuronas de tanto pensar.

Me molestó el tono y la cara con que me dijo eso, como si yo fuera tonta por no aceptar ser su novia sin pensarlo ni medio segundo, como si él tuviera una cola interminable de chicas más interesantes que yo dispuestas a ser su novia. No sé, hay gente que te hace sentir como si fueras invisible, y el italiano Ismael era uno de ellos. Creo que notó mi enfado, porque a partir de ese momento se esforzó por ser muy amable.

—¿Te apetece un poquito de tiramisú?

Si seguía comiendo tiramisú con aquella frecuencia, acabaría como una vaca. Le dije que no me apetecía (mentira, y de las gordas) procurando mantener todavía mi aire de ofendida. Cinco segundos más tarde me despedía de él con otros dos besos en las mejillas y hacía campanillear, ante su estupefacción, los cascabeles de la puerta.

De camino a casa pensaba en lo raras que son a veces las cosas. Si Ismael hubiera sido un postre, habría sido un tiramisú, y yo lo hubiera devorado sin dejar ni una miguita. Con esto quiero decir que Ismael me gustaba mucho, tanto como su pastel italiano y, sin embargo, acababa de decirles que no a los dos y no conseguía saber por qué motivo. Se lo pregunté a mamá, ella suele saberlo todo siempre:

—¿Por qué a veces las personas deseamos hacer unas cosas pero hacemos otras completamente distintas?

La respuesta no resultó nada convincente.

—Las personas somos complicadas, hija —dijo, y volvió a sus cosas.

El amigo grafólogo de Lisa era un señor de unos cuarenta años, con el pelo canoso y una actitud de estar de vuelta de todo que no me cayó nada bien. En su favor he de decir que tardó muy poco, apenas un par de días, en analizar la letra de la postal y darnos una respuesta. Aunque algunas de las cosas que nos dijo podría haberlas observado a simple vista hasta un niño de cuatro años.

—Es una letra picuda, más bien ancha, un tanto ladeada y escrita con tinta verde —dijo.

—¡Pues menudo experto! —murmuré para mí.

Lisa me lanzó una mirada demoledora. El supuesto entendido continuó:

—Su autor debe de ser una persona fuerte, tal vez muy corpulenta, con instintos agresivos y muy astuto. No me extrañaría nada que también fuera extranjero.

—¿Lo de extranjero dónde lo ves? —pregunté, mirando con atención la postal (no niego que no fuera un poco impertinente al hacerlo).

—En el modo en cómo utiliza esta expresión: *Quiero tener destino prometido*. No usa artículos, no está muy claro que sepa conjugar el verbo tener. No es seguro, claro. La grafología lo estudia todo: forma y fondo. Y hay otra cosa que debéis saber —añadió—: esta frase sobre los finales felices y el mal no es original del que mandó la postal. Es de un autor ruso y la escribió en una novela muy divertida llamada *Pnin*. Tenéis suerte de que sea uno de mis escritores favoritos.

Al escuchar ese nombre, para mí tan familiar, el corazón empezó a darme saltos en el pecho. Una cosa así no podía ser casualidad, pero quién iba a saber qué explicación tenía aquello.

El grafólogo terminó su parrafada, cruzó los brazos, se recostó en el respaldo de la silla (estábamos en nuestro bar de siempre) y nos miró como si ahora fuéramos nosotras quienes le debíamos explicaciones a él. Yo no había entendido aquello de «forma y fondo».

—¿Y por qué habrá escrito la frase de una novela?

—No lo sé —se encogió de hombros el grafólogo—. Quizá porque resume bien su modo de pensar. O porque quiere parecer interesante. En todo caso, quedaos con el dato de la novela a la que pertenece.

Sacó una servilleta de papel y en ella escribió: «*Pnin*. Vladimir Nabokov.» La dobló por la mitad y se la entregó a Lisa.

—Seguro que es una pista importante —añadió.

—¿Y todas esas cosas que nos has dicho las sabes por la forma de escribir? —pregunté.

—Ajá.

—No lo entiendo —dije.

—Son muchos años de estudio, bonita.

Lo odio. Odio que me llamen bonita, reina, nena, guapa, linda o cosas parecidas. También odio que me llamen mico, como hace mi padre, pero contra él no hay quien pueda. Además, mi padre tiene ciertos derechos, qué demonios. A él le consiento este tipo de cosas. Al grafólogo de Lisa, desde luego que no.

—Te agradecería que no me llames bonita.

Lisa se removió en su silla. Creo que la situación la estaba poniendo nerviosa. Yo no quería incomodar a mi amiga, pero tampoco podía permitírselo todo a aquel petulante desconocido. Lo sentía de verdad, pero el grafólogo y yo no íbamos a llevarnos nada bien.

—Entendido, bonita —dijo él, para hacerme rabiar más aún.

Cuando iba a soltarle una de mis frescas, Lisa tomó la palabra:

—El paisaje que se ve en la postal no parece real —observó.

En el anverso de la tarjeta sólo había la foto de un magma rojo y negro: lava ardiente de un volcán.

—Pues me temo que lo es. Han existido fotógrafos obsesionados por retratar volcanes en erupción. Algunos incluso se han dejado la vida en ello —apuntó el grafólogo.

—¿Y qué significado puede tener eso? Es un poco macabro —comentó Analí.

—Ah, eso ya no es de mi incumbencia, señoritas. Al parecer, quien haya escrito esa postal no siente mucha simpatía por vuestra amiga, pero yo no soy policía ni pretendo serlo, aunque a veces colabore con los cuerpos de seguridad.

Resultaba odioso. «Los cuerpos de seguridad», brrr. ¿Dónde se ha visto alguien que diga eso, fuera de un telediario?

La postal no estaba franqueada. Es decir, no llevaba sello ni matasellos, no había pasado por oficina postal alguna. En cambio, sí habían escrito muy claramente el nombre de Raquel y su dirección. Lo cual podía significar que su autor, fuera quien fuera, quizás hubiera pensado en enviarla por correo en un primer momento, pero luego había cambiado de opinión y la había llevado en mano a su destino, tal vez el mismo día que Raquel no acudió a abrir su tienda, o tal vez un poco antes.

—Si queréis un consejo —dijo el grafólogo, extralimitándose en sus funciones—, no metáis las narices donde no os llaman. Puede haber algo muy feo detrás de todo esto y a vuestros padres no les haría ninguna gracia saber que andáis jugando a *Los ángeles de Charlie*.

Ah, ésa es una de nuestras referencias típicas. Mucha gente nos compara con *Los ángeles de Charlie*. De hecho, lo tenemos todo: Analí puede ser Luci Liu, Lisa es más guapa que Cameron Díaz y yo paso por Drew Barrimore, aunque un poco menos desarrollada y más morena. Mi padre dice que hubo una serie de televisión anterior a la película y que yo me parezco más a una de las chicas de la serie, una que debía de ser pariente de Michael Jackson.

No contestamos al amigo de Lisa. Como fuera, nosotras íbamos a seguir adelante con aquel jueguecito hasta encontrar a Raquel. A tercas no nos gana nadie.

Y a inconscientes, tampoco, hubiera dicho en aquel instante cualquiera de nuestras madres, si su opinión hubiera sido requerida.

Una de las cosas que más me molestan en el mundo es que no tengan confianza en mí. No soporto enterarme de asuntos importantes por terceras personas porque quienes debían contármelos prefirieron no hacerlo, o «se olvidaron» o «querían darme una sorpresa». Excusas. Y todavía es peor si noto que me esconden algo y que no quieren decírmelo. Entonces me pongo hecha una furia.

Después de lo anterior, espero que nadie se extrañe si digo que estaba enfadada con mi abuela. Muy enfadada. A la mañana siguiente del encuentro con Salvador, se presentó en casa. Desde que Teresa se casó con su novio rumano, sus visitas ya no eran como antes. Si antes pasaba temporadas en casa y mamá se esmeraba para que todo estuviera preparado y a su gusto, ahora casi siempre se presentaba sin avisar, yendo o viniendo hacia alguna parte, con poco tiempo y cargada de paquetes. Así fue aquella mañana. Yo estaba desayunando, embelesada en una serie de dibujos animados para niños de tres años que me servía como excusa perfecta para no mirar mi cuaderno *Vacaciones Campurriana*. Mamá ya había pasado un par de veces por allí, con sus habituales amenazas y malas caras. Y yo no hacía más que bostezar delante de los ejercicios de lengua y literatura que me tocaban para ese día, y formularme preguntas del tipo: «¿Por qué tengo que estudiar si saco buenas notas?», «¿por qué soy la única de esta familia que durante las vacaciones sigue haciendo lo mismo que durante el resto del año?», «¿por qué nadie entiende en esta casa que las vacaciones se inventaron para descansar del colegio y no para recordarlo todo el rato mirando un cuaderno asqueroso?». En éstas estaba cuando se me ocurrió elevar todas aquellas quejas a la única persona que podía hacer algo por mí: el director de *Ediciones Campurriana*. Tomé una hoja de papel en blanco y escribí:

Señor director de Ediciones Campurriana:

Soy una una alumna de primero de ESO y odio sus cuadernos de vacaciones. Son aburridos, muy largos, están llenos de cosas que ya sé y además son una injusticia. Bueno, la injusticia es que mis padres me obliguen a hacer ejercicios de repaso cuando saco muy buenas notas. Se lo puede preguntar al director de mi colegio, si quiere. Lo único que van a conseguir ustedes con tanto cuadernito es que aborrezcamos para siempre a su editorial y las cosas que publica, y seguro que no todas son tan odiosas. Pienso que, para evitar que haya más víctimas inocentes como yo, deberían incluir una nota al principio del libro indicando que estos cuadernos van muy bien para los malos estudiantes y son una injusticia para el resto de la humanidad, incluida yo (por supuesto). Si lo hacen, se la enseñaré a mi madre a ver si me deja en paz (se pone insoportable, de verdad, es horrible, tienen que ayudarme).

Firmado: JULIA

Por cierto, mi madre pasó por allí mientras escribía la carta y exclamó:

—¡Qué bien, hija! ¡Al fin te veo hacer algo!

Busqué la dirección en el cuaderno, y la encontré sin ninguna dificultad, a la izquierda, en una de las primeras páginas. Doblé la carta, la guardé en el bolsillo trasero de mis vaqueros, no fuera a ser que mi madre la interceptara, y decidí que aquella misma tarde la metería en un sobre y la enviaría. Lo más probable era que no me hicieran ningún caso, pero por intentarlo no se pierde nada.

Decía que la abuela vino de visita. Me levanté a darle un beso, como siempre, pero en lugar de quedarme a charlar con ella, regresé de inmediato a la mesa. Debió de notarlo, porque constantemente me lanzaba miraditas de reojo que yo esquivaba en el acto fingiendo estar muy concentrada en los ejercicios de lengua. Yo también la observaba, para detectar alguna de las anomalías que imaginaba en ella, como en cualquier mujer embarazada.

Para empezar, se sentó en la silla de la cocina, resoplando.

—Ay, hijita, dame un vaso de agua, estoy que no me tengo en pie.

«Aja —pensé—, las varices de las que hablaba aquel documental.»

—¿Te apetece un café, mamá? —preguntó mi madre.

—No, hija, el médico me ha recomendado tomar menos café durante una temporadita.

«Claro, las embarazadas no deben tomar café porque perjudica al niño», me dije yo.

Al escucharla, me iba poniendo cada vez más furiosa. Encima, tenía la desfachatez de anunciar las cosas con aquella naturalidad. Y, mientras tanto, seguía sin darnos la noticia. A mi madre tampoco. Lo que siguió fue increíble.

Mamá le preguntó:

—¿El médico? ¿Te pasa algo?

Y mi abuela, como si tal cosa, le soltó:

—No te preocupes. Pasará en unos meses. Sólo tengo que cuidarme un poco.

A mamá aquella respuesta no la dejó satisfecha. Insistió:

—Pero, ¿qué tienes exactamente?

—Ay, hija, qué más da. Nada de lo que merezca la pena hablar.

Nunca había visto a mi abuela responder de ese modo. ¿Cuánto esperaría, antes de darnos la noticia? Aquello era inconcebible. Tampoco nunca me había hecho tan poco caso. Se comportaba como si yo no estuviera ahí.

«Las embarazadas cambian su comportamiento y

su humor habituales hasta en las cosas más pequeñas», recordé.

De un vistazo comprobé que las bolsas que había traído estaban amontonadas junto a la puerta del cuarto de baño. Me inventé unas ganas urgentes de hacer pis y decidí meter un poco las narices en sus compras. Llevé las bolsas al baño y una vez dentro eché el pestillo. Ahora podía fisgonear a gusto y sin sobresaltos.

La policía suele hurgar en la basura de los sospechosos porque eso les da muchas pistas sobre lo que han hecho en las últimas horas. Con las compras pasa lo mismo, pero al revés: te dan cantidad de información sobre lo que el sospechoso va a hacer en un futuro inmediato. Por ejemplo: mi abuela iba a hacer paella. Había comprado langostinos, calamares, arroz de Calasparra, costilla de cerdo y mejillones (puaj, no los soporto, huelen fatal y son horrorosos). El cuarto de baño se llenó de inmediato de aquella peste, así que decidí acelerar un poco mi inspección y expulsar aquella bolsa de mi escondrijo.

Lo siguiente que se proponía mi abuela era colgar cortinas, porque encontré una bolsa llena de ganchos metálicos de los que sirven para sujetar la tela en su lugar, además de otras cosas extrañas (tiras, cordones, anillas...) a las que yo no habría sabido dar ninguna utilidad específica. También había unas tijeras, tres bobinas de hilo, una cinta métrica, un dedal y algunas otras menudencias pertenecientes todas a la subespecie «cosas para coser y hacer labores», que yo detesto con todas mis fuerzas.

En la tercera y última bolsa encontré velas, un pan redondo y un paquete misterioso. No había llegado hasta allí y violado alguna que otra norma para quedarme sin saber qué contenía, así que me esmeré en arrancar con cuidado un lado de la cinta adhesiva y mirar al interior. Confieso que empezaba a desanimarme cuando vi asomar el brazo inconfundible, amarillo y peludo de un osito de peluche. ¡Un osito de peluche! ¡Ahí estaba la prueba que al fin lo confirmaba todo! O, si no, ¿para qué iba a necesitar mi abuela un osito de peluche? Seguro que ya lo había bautizado, la muy mentirosa.

Mucho más enfadada que antes, saqué otra vez las bolsas al pasillo, cerré la puerta del baño con enorme estruendo y volví a mi cuaderno de vacaciones. Mi madre se extrañó:

—¿Qué es todo este alboroto, Julia?

Mi abuela volvía a mirarme como si supiera que yo sabía lo que ella nos ocultaba. Yo procuré no hacerle el menor caso mientras, con enorme fastidio, volvía a mis ejercicios:

1. Escribe una frase donde emplees la siguiente estructura: sujeto, verbo, complemento directo.

Escribí:

El hijo de mi abuela tiene un oso de peluche amarillo.

2. Utiliza el verbo enfurecer en una frase de, al menos, seis palabras.

Mi solución:

Me enfurece que mi abuela tenga hijos.

Todo tiene su lado bueno: los ejercicios no resultaron, por un día, tan pesados como de costumbre.

Lo peor fue llamar a Lisa para contarle algo en lo que había reparado de repente.

—Ya sé lo que ha pasado —dije—, ¿recuerdas el conjuro que hicimos con Raquel sobre el collar que le regalamos a Teresa?

—Claro. Fue muy divertido.

—¿Recuerdas lo que nos dijo Raquel? Dijo que lo normal era pedir que la pareja tenga muchos hijos, pero que en aquel caso no lo iba a hacer.

—Sí, me acuerdo.

—¡Estoy segura de que se olvidó, Lisa! Todo esto es culpa de Raquel.

Lisa intentó calmarme; estaba bastante nerviosa, lo reconozco.

—Yo también he estado pensando —dijo mi amiga—, ¿a que no sabes en qué?

—Ni idea —contesté.

—En que el bebé que va a nacer, el hijo de tu abuela, ¡va a ser tu tío!

Anda, era verdad y era horrible. No lo había pensado. Yo, Julia, iba a ser la única niña del sistema solar que le habría cambiado los pañales a su tío. Qué desastre.

De repente, mirando a la calle desde la ventana del salón, decidí que quería ser la novia de Ismael. Así, por las buenas. O no exactamente: vi al guapazo de Arturo (snif, mi amor imposible) besar con pasión, arrebato, frenesí y nada de disimulo, a una morenita a quien no había visto en la vida. Parecían muy enamorados y muy felices, por lo que pude fijarme en el breve rato que me dediqué a mirar, medio muerta de envidia.

Aquella misma tarde le di la noticia a Ismael:

—He decidido que quiero ser tu novia.

El muy idiota se lo tomó a broma:

—Qué graciosa, y yo un armario ropero.

—Hablo en serio.

La mirada que le lancé, en combinación con mi tono de voz gélido debieron de impresionarle bastante, porque cambió completamente:

—Estaba deseando que me lo dijeras, preciosa. ¿Un poco de tiramisú?

Aquel día, acepté. Pensé que era una buena forma de celebrarlo, aunque seguía llena de dudas y, lo que es peor, pensando en Arturo y en su morenita nueva.

Cuando nos terminamos el dulce, Ismael me besó en la mejilla. Me dio un poco de asco, porque estaba pringado de chocolate, pero no se lo dije. Luego miró a su alrededor, bajó el tono de voz, encogió los hombros y dijo:

—Tengo que pedirte algo que me da mucha vergüenza.

Le interrogué con la mirada:

—No le digas a tus amigas que somos novios.

La verdad, no había pensado en decirles nada, pero la petición me sorprendió:

—¿Por qué no?

Me pareció que mi pregunta no le hacía gracia.

—Verás..., es que..., te prometo que no es nada fácil. —Se rascaba la cabeza y miraba a todas partes—. No sé cómo empezar.

—Empieza. Di la primera frase. Luego todo es más fácil.

—Bueno. La cosa es... La cosa es que les gusto.

—No sabía ni que las conocías.

—No demasiado, a Lisa la he visto un par de veces.

—No me han dicho nada, qué raro —dije.

—A Analí la he visto más. Me persigue todo el tiempo. Es una pesada.

—¿Analí te persigue? ¿Para qué?

Bajó la mirada y se rascó otra vez la nuca mientras en un susurro casi inaudible decía:

—Quiere que seamos novios, pero a mí ella no me gusta. Me gustas tú.

Vaya, vaya, vaya, eso es lo último que esperaba de Analí. Y también de Lisa, la verdad. Le prometí a Ismael que no diría nada. Para mis adentros pensé:

«Además, tampoco se lo merecen.»

Para sellar nuestro acuerdo me dio otro beso pringoso en la otra mejilla.

—¿Vamos al cine mañana? —propuso.

—No puedo. Mañana voy con mis amigas a la playa.

Y mientras pronunciaba esta frase me di cuenta de que había algo que empezaba a fallar de manera estrepitosa, algo que ya no encajaba, que ya no era como antes, que se había vaciado de todo significado: la palabra *amigas*.

Odio ir a la playa. Detesto tostarme al sol hasta que huelo a pollo asado y no puedo soportar que todo se me llene de arena. De las tres, soy la única que piensa de esta forma. Tanto Lisa como Analí son fanáticas practicantes de esa religión un poco extraña que consiste en asarse por los dos lados durante horas y horas sin que exista una razón o un sentido para ello. Yo voy con ellas, pero soy una mera comparsa, una acompañante insípida y enfurruñada que protesta por cualquier cosa. Lo reconozco, lo cual ya es algo.

—Julia se comporta en la playa igual que un chico —dijo Lisa, como si aquello tuviera alguna gracia—: Todo la molesta, nada le gusta, sólo busca excusas para practicar algún deporte en la arena o en el agua..., con lo divertido que es quedarse sin hacer nada durante horas.

Se me ocurrían muchos motivos para no estar de acuerdo con Lisa, pero no utilicé ninguno para rebatir sus argumentos estúpidos.

—A Gus no le gusta la playa, es verdad —argumentó Analí—, ¿y a Pablo?

—A Pablo le gusta más estar moreno que tomar el

sol —contestó Lisa—. El que disfruta como una lagartija cuando nota que la piel se le tuesta es mi hermano. Qué mala pata, Julia, en esto tampoco hacéis buena pareja, ji ji.

Aquello empezaba a hartarme. No se puede hablar con alguien que se ríe de las cosas que a ti te parecen más importantes, o que termina las frases diciendo «ji ji». A medida que pasaban los minutos me iba dando cuenta, con mucha tristeza, de una evidencia dolorosa: no éramos ni un recuerdo de las tres amigas inseparables de hacía unos meses. Ahora sólo éramos tres bobas diciendo bobadas. Daba igual que estuviéramos en una playa o en una isla desierta: se notaba demasiado que la magia de la amistad había dejado de funcionar entre nosotras. De todos modos, como si quisiéramos mantener nuestra relación con respiración artificial, nos esforzábamos por sacar temas nuevos de conversación.

—¿Gus y tú sois novios o qué? —le pregunté a Analí.

—No lo sé. Yo no quiero ser la novia de nadie —dijo.

Y yo de inmediato pensé: «Mentira. Creo que te mueres de ganas de ser la novia de alguien que yo me sé.»

—Estoy hecha un lío... —añadió, y se quedó muy seria contemplando un montoncito de arena que se escapaba de su mano.

—¿Y tú con Pablo, Lisa? ¿Cómo lo llevas?

—No lo sé —contestó la chica diez—, no es nada fácil saber qué sientes cuando tienes delante a una persona que te gusta mucho. Me entran ganas de comérmelo como si fuera un flan.

Reímos las tres, pero era una risa que parecía enlatada, poco natural. Nada parecido a las carcajadas sinceras de otros tiempos, cuando nos daban verdaderos ataques de risa que siempre terminaban en dolor de tripa. Ahora éramos como mi madre cuando se encuentra con una vecina odiosa de esas que siempre te entretienen cuando vas con prisa, le da conversación, sonríe todo el rato y cuando ya está lo bastante lejos de ella dice, entre dientes: «No soporto a esa mujer.»

Pasamos algún rato más hablando de Gus, de Pablo y de Arturo. Yo, por supuesto, no les dije nada de Ismael. Tal vez a Lisa aún se me habría ocurrido contarle algo, pero desde luego, con Analí no pensaba tratar ningún tema importante a partir de ese momento. La gente mentirosa, o que oculta la verdad, no me gusta nada. Y era tanta la tensión que estaba acumulando con aquella charla insulsa que estaba dispuesta a hablar de Ismael en cuanto la conversación se acercara un poquito a él.

Sin embargo, sucedió algo que desvió nuestra atención.

Fue Lisa la que la vio primero. Entornó los ojos, mirando por encima de las gafas de sol, a la vez que señalaba con el dedo índice.

—¿Aquélla no es...? Sí, ¡claro que es ella!

Lisa se levantó de un brinco.

—Es Raquel. Mirad. Allí.

Miramos hacia donde apuntaba su dedo. Una figura desentonaba con el paisaje. Entre los bañistas y los que tomaban el sol, todos en bañador o en biquini, se distinguía claramente el perfil de una chica demasiado vestida para estar en ese lugar en ese momento. Llevaba una falda ancha, una camiseta que dejaba al descubierto uno de sus hombros, un gran bolso de paja y algunas pulseras alrededor de los tobillos. Reconocimos su melena color caoba y sus ademanes. No había duda de que se trataba de Raquel. No podíamos oírla, pero por la forma de gesticular entendimos que estaba discutiendo con alguien: un chico rubio, desgreñado, muy moreno, ataviado sólo con un tanga de color verde fosforescente. La escena nos hubiera parecido un poco absurda de no ser porque nuestra maga de los collares, la que tan preocupadas nos tenía con su desaparición repentina, tomaba parte en ella.

—Parece estar en apuros —advirtió Lisa, mientras echaba a andar en dirección a la discusión.

Analí y yo nos levantamos con la intención de seguir a nuestra amiga. De repente notamos que alguien se acercaba a toda prisa. Eran dos chicos jóvenes, muy delgados, rubios, también demasiado vestidos para estar en la playa. De hecho, llevaban camiseta, vaqueros y zapatillas de deporte. Se gritaban mutuamente consignas mientras corrían en dirección a donde se hallaba Raquel. No pude reprimirme y le lancé una advertencia a voces que, debo admitirlo, resultó un poco peliculera. Grité, como si no fuera yo quien articulara aquellas palabras:

—¡Cuidado, Raquel, van por ti!

Raquel interrumpió la discusión, volvió la cabeza hacia nosotras y frunció el ceño. No era posible que me hubiera oído, demasiada distancia nos separaba. Acaso sólo sintió una especie de premonición del peligro. En cuanto vio a los dos tipos que cruzaban la playa a toda velocidad, dio un respingo, abrazó fuertemente su bolsa de paja y echó a correr hacia el paseo marítimo. Lisa también echó a correr tras ella. Nosotras, Analí y yo, no tuvimos tiempo de reaccionar y nos quedamos como petrificadas, mientras los dos chicos pisoteaban en su carrera nuestras toallas —rompieron las gafas de sol de Analí de una zancada, y también mi reproductor de cedés— y se alejaban. Sucedió todo tan deprisa que no tuvimos ocasión de pensar qué debíamos hacer. Sin embargo, Analí y yo nos fijamos en ellos.

A Lisa la atropellaron en plena carrera. La echaron al suelo, creo que sin proponérselo, cuando pasaron junto a ella al galope. A nuestra amiga le llevó unos momentos levantarse, darse cuenta de lo que había pasado, comprobar que no tenía ni una magulladura y dirigirse al chico del tanga verde, y para entonces ya no quedaba rastro de todos los demás en la playa. Ni siquiera sabíamos si los dos corredores de fondo habían atrapado a Raquel, aunque sí habíamos podido observar que nuestra amiga estaba en buena forma antes de perderla de vista.

—Perdona —le preguntó Lisa al chico, que resultó ser el propietario de las hamacas de alquiler de la playa—, hace un momento estabas hablando con una chica pelirroja. Se llama Raquel y es nuestra amiga. ¿Sabes dónde puedo encontrarla?

—Yo no he hablado con ninguna pelirroja —contestó el rubio tostado, ante la estupefacción de Lisa.

—Creo que te confundes, es la chica de la falda larga y la camiseta ancha que...

—No, tía, no. Te confundes tú. Yo no he hablado con nadie en toda la mañana —replicó él, con palabras cortantes como cuchillas.

—Pero si yo os he visto —protestó Lisa.

—Tal vez no ves bien, rubia. Igual necesitas que te gradúen la vista.

Las que sí veíamos estupendamente éramos Analí y yo. Incluso en pleno torbellino, ambas nos fijamos en el mismo detalle. Creo que fui yo quien habló primero:

—¿Habéis visto que esos dos...?

Acabó mi frase Analí, como si me adivinara el pensamiento:

—Eran iguales —dijo.

—¿Iguales? —Lisa parecía no entender.

—Exacto —dije—. Iguales. Gemelos.

animar a los desanimados es labor de los *fetuccini*

R esumen de lo ocurrido hasta ahora: Raquel se esfumó. Sí, sí, como si fuera una bruja. Cuando llegamos al paseo, por allí no había ni rastro de su bolsa de paja ni de su falda larga, y ninguna de las cinco personas a quienes interrogamos —transeúntes despistados en un día de playa, que no ven nada salvo sus pies— supieron decirnos nada de ella. Lo único que nos tranquilizó fue comprobar que los dos chavales que corrían tras ella se marcharon a casa con las manos vacías. Estaban sentados en un bar del paseo, tomando el aperitivo como si tal cosa.

Como podéis comprender, aquello terminó de una vez por todas con nuestro, por otra parte, nada agradable día de playa. Recogimos las toallas, los pedacitos de las gafas y del reproductor de cedés (no podéis imaginar la rabia que me dio que se hubiera roto) y nos marchamos para casa más serias y preocupadas que nunca. Nuestra desazón se reflejaba en un silencio mortuorio que nada ni nadie conseguía romper. Sólo al llegar al barrio, Lisa, que parecía muy concentrada en sus pensamientos desde hacía un rato, rompió la tónica para decir:

—Voy a conseguir el número del teléfono móvil de Raquel. Tenemos que hablar con ella y que nos diga qué está pasando aquí.

Aunque Lisa seguía hablando como en las películas, hubo unanimidad en el resto del equipo y, una vez puestas de acuerdo, no volvimos a abrir la boca hasta que nos despedimos, en el ascensor. Era una pena, pero de pronto no teníamos nada que decirnos. Es más, flotaba en el aire cierta sensación de que si alguna de nosotras abría la boca sería para hacer saltar la chispa de la pelea que nos llevaba amenazando toda la tarde. Por suerte, ninguna lo hizo. Es mil veces preferible el silencio a la discusión. Sobre todo si se prevé que la discusión no va a ser civilizada.

Al llegar a casa, me encontré con una sorpresa en forma de abuela.

—Os invito a tu madre y a ti a cenar al italiano nuevo —dijo la abuela, en tono festivo.

«La abuela quiere fastidiarme», pensé.

Ella era la única de mi familia que sabía lo de Ismael. Su elección del restaurante no podía ser casual. Ni, desde luego, menos afortunada.

Creo que mi madre también pensó que no era buena idea aquello de irnos de cena las tres, pero se calló, igual que yo. ¿Sabéis qué pienso, muchas veces? Que si las personas dijéramos exactamente lo que pensamos, sin disimulos, tapujos ni tonterías por el estilo, el mundo funcionaría mucho mejor. Aunque a más de uno le habrían partido la cabeza, eso seguro. Y tal vez yo sería una de ellos.

Pero antes de detenerme en la cena italiana más inoportuna del año, hay un episodio curioso que os quiero relatar. Todo empezó con la llegada de una carta a mi nombre.

—Te ha escrito una editorial —dijo mi madre.

—¿Una editorial?

La verdad, no tenía ni la menor idea de qué me estaban hablando hasta que vi el membrete que adornaba el sobre: *Ediciones Campurriana*. Mamá lo había dejado encima de mi escritorio, apoyado en el bote de los bolígrafos. Lo estuve mirando durante un rato sin atreverme a abrirlo, como si temiera que algo de lo que contenía fuera venenoso, o supusiera algún peligro. Al final, me decidí. Rasgué el envoltorio con decisión y leí la carta:

Estimada Julia:

Pensamos que tienes toda la razón al quejarte de la injusticia que supone hacer ejercicios de repaso cuando se obtienen en la escuela buenas calificaciones. Los responsables del equipo que se encarga de la redacción y actualización de los libros de texto —y también, por consiguiente, de los cuadernos de repaso— hemos estado valorando tu propuesta de incluir en todos ellos una nota dirigida a los padres donde se advierta que los destinatarios ideales de esos ejercicios son los estudiantes regulares y malos.

Además, y para compensarte de las molestias que pueda causarte la realización de los ejercicios de nuestro cuaderno, te hacemos llegar un cheque regalo canjeable, en cualquiera de los centros comerciales *El genovés* (Departamento de librería), por tres títulos a escoger de nuestra colección *El avión a pedales*. Ojalá esas lecturas, sin duda mucho más divertidas que la de nuestro cuaderno de ejercicios, te ayuden a disipar la animadversión que en este momento te genera nuestro sello editorial.

Sin más, recibe un fuerte abrazo de tu amigo

SEBASTIÁN AZCÁRATE, editor.

Aquello de «tu amigo» me pareció excesivo. Un truco para hacerse el simpático. Y tuve que buscar animadversión en el diccionario. Mamá dice que no es tonto quien no entiende una palabra, sino quien pasa por encima de una palabra que no entiende sin tratar de averiguar su significado.

El diccionario decía: «Animadversión: Enemistad. Ojeriza.»

«El diccionario tiene toda la razón —pensé—, y aún se queda corto.» Aunque después de recibir la carta, mis sentimientos hacia *Ediciones Campurriana* estaban empezando a derivar hacia una simpatía extraña, relacionada con aquellos libros que me iban a regalar la próxima vez que pisara los grandes almacenes *El geno-vés*. Imaginé cómo definiría el diccionario aquel nuevo sentimiento mío, tan atípico.

Animadversión con simpatía: *animapatía*.

O tal vez, mejor: *simpadversión*.

A mi madre aquello la dejó atónita. Es decir «pasmada o espantada ante un objeto o suceso raro». Leyó la carta sin cerrar la boca, y cuando terminó sólo dijo:

—No lo entiendo. Esta gente echa piedras contra su propio tejado.

Mientras yo me devanaba los sesos intentando encontrarle un significado a ese comentario suyo, ella añadió:

—A ver, enséñame el vale.

Lo miró sin salir de su estupefacción (es decir, de su «pasmo o estupor») y a continuación lanzó otro de sus comentarios crípticos («oscuros, enigmáticos»), ¡qué vicio, éste de buscarlo todo en el diccionario!:

—Van regalando libros a la menor ocasión y luego todo el mundo se queja de que no se venden.

A mí todo aquello, por supuesto, me pareció genial. Por fin tendría la ocasión de hablar de libros con Ismael. Estaba dispuesta a descubrir qué clase de vicio oculto se escondía en las páginas de los libros y, si era necesario, a convertirme en una lectora empedernida. Guardé el vale, pensando que en un par de días me escaparía al centro a canjear mi premio. Aunque el mejor premio, ya lo habréis adivinado, fue aquella victoria silenciosa sobre mi madre. De repente, aquello me daba un poder inmenso. Para empezar, al día siguiente, cuando llegara la hora de hacer mis ejercicios, yo le recordaría la carta de aquel editor tan amable y oportuno. Y cuando ella lo consultara con papá —como todas las cosas importantes para mi futuro y bla bla bla—, yo ya habría ganado la batalla definitivamente: a papá sé cómo tratarle. Le hago tres cucamonas y le tengo en el bote, no como a mamá, que a veces parece que tiene un detector de palabras bonitas e interesadas.

El resto del día, mamá lo pasó entre enfadada y confusa. Es decir, *confadada*. O mejor: *Enfusa*.

Por cierto, una curiosidad: *Afrotisíaco* no venía en el diccionario. Menuda decepción.

Cualquier día escribo una carta a esos señores que hacen diccionarios. Para darles ideas. O mejor: para vendérselas.

Le pedí a Ismael que ni se le ocurriera salir a saludarme cuando me viera aparecer por su restaurante y, mucho menos, decir o hacer algo que pudiera ponerme en evidencia delante de mi madre o de mi abuela. Lo prometió, pero no me fiaba de él ni un pelo.

Llegamos sólo cinco minutos tarde. Había cola para conseguir una mesa y la gente se amontonaba en la calle, así que durante unos minutos me hice ilusiones:

—No hay sitio. Vayamos a otra parte. Yo propongo un sirio —dije, sin detenerme a pensar.

La verdad, no sé por qué se me ocurrió aquello del

restaurante sirio. Sería porque se lo había oído a alguien. De todos modos, no me pareció tan mala idea. Se lo propondría a las chicas, ¿qué deben dar de comer en un restaurante sirio? Mi abuela se encargó de bajarme de mi nube:

—Tranquila, Julia, tuve la precaución de reservar mesa.

La mesa para tres estaba junto a la ventana, en un rincón que, dadas las dimensiones del restaurante y la afluencia de clientes, se podría considerar solitario. Seguro que no había otra mesa en todo el italiano donde se pudiera hablar a un volumen de voz normal.

Por una vez, yo hubiera preferido un lugar donde nadie oyera a nadie.

Cuando vi aparecer a Ismael con su delantal de camarero y las cartas en la mano, por poco me da algo.

—Bienvenidas, señoras —dijo, mientras me guiñaba el ojo del lado que sólo yo podía ver, a pesar de que mi abuela seguía la escena sin perderse un detalle.

Aquel guiño, aunque ni mi madre ni mi abuela lo notaron, me puso nerviosa. Creo que metí la cabeza entre las páginas de la carta para que al loco de mi novio no se le ocurriera volver a hacer algo parecido. Sin embargo, ya imaginaba que mi truco, con alguien como Ismael, no podía dar resultado, y no lo dio.

—¿Han decidido ya las señoras y la *signorina*, lo que desean tomar? —volvió él a la carga, remarcando mucho la palabra *signorina*.

Mi abuela llevó la batuta. En mi casa está muy

arraigada la costumbre de dejar decidir en el restaurante a quien va a pagar la cuenta. Ella lo encargó todo: una ensalada para compartir y un plato de pasta para cada una. Para mí pidió *fetuccini boscaiola*, mis favoritos. «Vaya —me dije—, el embarazo no le ha borrado la memoria.» La abuela no se olvidó ni siquiera de mi agua con gas. Y siguió hablando cuando Ismael se retiró.

—Me siento en un momento muy especial de mi vida, niñas —nos dijo—, este hombre me renueva las pilas. A mi edad, quién iba a pensarlo.

—Desde luego —se apresuró a contestar mamá—. Deberías tener cuidado.

—¿Cuidado con qué, hija?

—No eres una niña, mamá. Con tu salud, por supuesto.

Teresa rió.

—No te preocupes por eso, hija. Mi salud es casi mejor que la tuya. Y Salvador me cuida muy bien. Recuerda que es más joven que yo. No me refería a nada de eso.

En otras circunstancias, yo habría saltado en defensa de mi abuela y habría dicho algo así como:

—No hagas caso, abu, tú sé feliz y aprovecha el momento.

Sin embargo, me callé, esperando el agua, la ensalada, la pizza o cualquier cosa que hiciera avanzar aquella reunión en la que me encontraba sumergida contra mi voluntad. Continuaba estando muy enfadada con la abuela, y aún había de durarme unos días más aquel lamentable estado de ánimo. Teresa prosiguió:

—En fin. Os parecerá una tontería, pero tenía ganas de que almorzáramos las tres, por si con todo el lío de mi traslado al barrio pasamos una temporada sin poder hacerlo.

Mamá, como siempre, llegó a sus propias conclusiones:

—¿Tanto trabajo vais a tener con los arreglos del piso, mamá?

Yo entendía a la perfección los cambios que la abuela divisaba en el horizonte de su vida. Los entendía y no me gustaban nada. Tampoco me gustaba nada su forma de ocultárnoslos.

«Qué hipocresía», pensaba.

Ismael llegó con la ensalada en el momento en que la abuela le contestaba a mi madre:

—Más del que te imaginas, y por razones que ni sospechas, hija.

Yo tenía la mosca detrás de la oreja y empezaba a preguntarme qué estaba haciendo allí.

Cuando Ismael trajo los tres platos de pasta, yo ya no sabía cómo disimular que no estaba a gusto.

—No hablas, hija —observó mamá—. ¿Te pasa algo?

—Me duele la cabeza —mentí, esmerándome para que los *fetuccini* no se cayeran de mi tenedor.

Mis dos acompañantes hicieron, a partir de mi comentario, sus propias deducciones.

—Esta niña se me está resfriando —dijo mamá, con cara de fastidio—. Cada verano igual.

La abuela me dirigió una mirada cargada de dobles intenciones y dijo:

—Sí, será cosa de algún virus.

Continuar allí en aquel momento era lo que menos me apetecía del mundo. Creo que Ismael lo notó, porque trató de animarme con un comentario idiota al que yo correspondí con una mirada amenazadora.

—Los *fetuccini Giulia* son ideales para animar a los desanimados. ¿Quieres probarlos?

—Anda, mira, hija, unos *fetuccini* que se llaman como tú —saltó mi madre, muy contenta.

Je, qué gracioso. No soporto a la gente que se mete donde no le llaman. Creo que aquella fue la primera vez que pensé, seriamente, en la posibilidad de decirle a Ismael que ya no quería ser más su novia.

—No, gracias, no me apetecen —dije, y creo que el aire que había entre nosotras se congeló durante unos segundos a causa de lo helado de mi tono.

Comimos la pasta en un silencio de entierro. Creo que mamá ya había notado que la abuela se hacía la misteriosa. Mi madre estaba rumiando, rebobinando la cinta de aquella y muchas otras conversaciones. Aunque a juzgar por su cara, se diría que no llegaba a ninguna conclusión satisfactoria. Y yo, que tenía las soluciones al jeroglífico —o eso creía yo— me comportaba como lo que suele llamarse «un observador imparcial».

Ya habían retirado los platos y estábamos casi a

punto de elegir el postre cuando mi madre lanzó la pregunta que debería haber formulado varios días atrás.

—Me huelo un misterio, mamá —le dijo a la abuela—, ¿podrías explicarme de qué va todo esto?

La abuela arqueó una ceja, preparándose para contestar.

Sin embargo, en aquel momento llegó Ismael y dijo lo que me faltaba por oír:

—Permítanme recomendarles el tiramisú de la casa. Nunca habrán probado nada igual.

Lo sentí. Sentí que aquél era el momento exacto para levantarme, dejar con mucha educación la servilleta sobre la mesa y anunciar mi retirada:

—Acabo de recordar que he quedado con Gus. Perdonadme. Gracias por la invitación, abuela. Probad el tiramisú, es *afrotisíaco*.

Lo de Gus no era exactamente una excusa. Había quedado con él en la heladería, sólo que una hora y media más tarde. No importaba, aquella excusa me fue fenomenal para huir de los misterios de la abuela, de la inocencia de mamá y de la cara dura de Ismael un buen rato antes de lo previsto.

Entretuve el tiempo escuchando música. *Signos de aberración*, de Hocico, una locura que aún no sé muy bien si me horripila o me entusiasma. Menos mal que mi padre me había prestado su reproductor de cedés (mientras llegaba mi cumpleaños y alguien me regalaba uno nuevo) y el aburrimiento apenas me afectó. Gus me encontró sentada en la terraza de la heladería, delante de una revista de cultura alternativa, marcando con los pies el ritmo de lo que sonaba en mis oídos.

Le encontré alicaído. Parecía tener los hombros más abajo que la última vez que le vi, y sus ojos —siempre me fijo en la mirada de la gente— no brillaban en absoluto. Aquello me pareció muy mala señal. Enseguida pensé:

«Algo le ha pasado con la mentirosa de Analí.»

A veces soy medio bruja. No me equivoqué en absoluto. El pobrecito de Gus tenía ganas de explicarle sus problemas a alguien y en cuanto le formulé la pregunta típica («¿Te ocurre algo?»), se lanzó sin paracaídas:

—A mí, no. Bueno, a mí, sí. En realidad, no sé qué me ocurre. Analí está muy extraña conmigo. Es como si ya no le interesara. Ha cambiado algo en ella, Julia, pero no sé qué. Puede que le guste otro chico. O puede que se haya cansado de mí. No me llama. No se pone al teléfono. No quiere quedar para hacer ejercicios de repaso. ¡Y para ir al cine tampoco, y eso que le dije que invitaba yo! No entiendo nada, te lo prometo.

La última frase la dijo hundiendo la cabeza entre las manos y acercándola a las rodillas. Pobrecito, le hubiera invitado a uno triple de vainilla con sirope de chocolate y plátano si hubiera sabido que así iba a animarse.

—Yo tampoco entiendo nada, Gus. No creo que a Analí le suceda nada extraño.

Mentí un poco, lo reconozco. Aquello fue lo que suele llamarse «una mentira piadosa».

—¿Contigo está como siempre?

Tuve que pensarlo. Dos mentiras en una misma conversación me parecían demasiadas. Además, estaría vulnerando mis propias normas consistentes en no mentir cuando me preguntan directamente. Pensé que la ocasión lo merecía, respiré hondo y dije:

—Sí. Bueno, puede que nos peleemos más a menudo y sin razón evidente.

—¿Y por qué? —preguntó.

Me encogí de hombros. Por desgracia, no tenía una respuesta para esa pregunta.

—¿Lo ves? —dijo—, a ti también te pasa.

No contesté.

—¿Qué podemos hacer para arreglarlo? —preguntó.

¿Os ha ocurrido alguna vez que un problema os coja tan de nuevas que necesitéis meditarlo un poco antes de tomar una determinación? Exactamente eso fue lo que yo sentí en aquel momento, frente a Gus y su preocupación: necesitaba pensar en aquello, observar un poco y tal vez hacerle un par de preguntas a Analí antes de decidir qué era lo que estaba pasando. Una cosa sí me quedó clara aquella tarde: nos estaba pasando algo gordo.

La primera noticia sobre Raquel la trajo Lisa: había conseguido el número del móvil de nuestra amiga la maga y la había llamado. Contestó enseguida.

Parecía estar en un lugar público o, por lo menos, con mucha gente, porque al fondo de la conversación se oía todo el tiempo un rumor de muchas voces diferentes. La hipótesis de Lisa era que estaba en unos grandes almacenes, lo cual no supimos si debía tranquilizarnos o no respecto de los problemas que pudiera estar teniendo. Según Lisa, su conversación se limitó a unas pocas frases, interrumpidas constantemente por la falta de cobertura o por algún ruido bastante desagradable. Más o menos, esto fue lo que se dijeron:

—¿Raquel? Soy yo, Lisa.

—Hola, Lisa.

—Estamos preocupados por ti. Llevas unos cuantos días sin abrir la tienda, has desaparecido del mapa y llevamos un tiempo pensando que te ha ocurrido algo. ¿Estás bien?

Al otro lado del hilo, se hizo un silencio.

—¿Raquel? ¿Cómo estás? —insistió la chica diez.

La voz de Raquel llegó apresurada, temblona:

—Sí, sí, sí, estoy genial, no os preocupéis por mí. Supongo que pronto volveré al barrio.

No hablaba como siempre. Parecía forzada, muy poco natural.

—Te oigo muy rara —le dijo Lisa—, ¿podemos ayudarte en algo?

—No, no os... ¡Sí! —saltó de pronto Raquel—. ¡Podrías hacerme un favor enorme!

—Dime.

—Mi gato está solo en el taller, sin nada que comer. Necesita que alguien le alimente y compruebe que está bien.

No era muy normal aquella petición, pero Lisa accedió:

—Cuenta conmigo, pero no tengo la llave de tu taller.

—Se la puedes pedir a la vecina del segundo. Se llama Rosita y es un poco sorda, os lo advierto. Y mi gato se llama *Uj*.

—¿Cómo?

—*Uj*. Se llama *Uj*.

Lisa no estaba muy segura de haber entendido bien. Era un nombre un poco raro. Además, la falta de cobertura hacía de las suyas.

—La culpa de ese nombre es del anterior dueño —explicó Raquel—, yo lo encontré bautizado. Ahora tengo que colgar, me están vigilando. Gracias.

Lisa quiso decirle que no importaba, que esas cosas no cuestan trabajo cuando se hacen por una amiga. Sin embargo, no tuvo tiempo. Antes de dejarle articular ni una sílaba más, Raquel había colgado y al otro lado sólo se escuchaba un pitido intermitente.

«Qué raro es todo esto», me dije, cuando Lisa terminó de explicarme el episodio. Por más que pensaba y pensaba, no conseguía encontrar una explicación a aquel comportamiento, ni lograba atar los cabos de una historia que, para mí, no tenía ni pies ni cabeza. Más o menos lo mismo me sucedía con Analí. La única diferencia era que a mi amiga, la de piel amarilla, sabía cómo abordarla y de qué forma. Todo era cuestión de planteárselo y empezar.

Hubo, durante aquellos días, varias tardes horribles. Analí llamaba o subía a verme a todas horas para contarme el último detalle que se le había ocurrido para la fiesta de Lisa, que había decidido que organizáramos nosotras, sus mejores amigas. Pretendía hacer listas de todo: de gente a quien íbamos a invitar, de comida que íbamos a preparar, de discos que necesitábamos tener (ninguno de los míos valía, por supuesto) o de regalos que podíamos hacerle a Lisa. En aquellos días sólo hablábamos de Lisa o de Raquel. A Gus no permitía ni que lo nombráramos desde que le pregunté si le pasaba algo con él.

—Nada que sea de tu incumbencia —me contestó.

Entendí de inmediato lo que debía hacer. Me dolió, pero lo entendí. Gus tenía razón: Analí estaba cambiando.

Luego estaba Ismael. Fui a verle pocos días después de aquella comida familiar en su restaurante. Lo primero que hizo al verme fue regañarme:

—Menos mal, ¿te habías ido a la guerra, niña?

No soporto que me llamen niña. Y menos si me hablan en ese tono. Se lo dije. Y añadí:

—Además, venía a decirte que ya no quiero ser tu novia.

Le costó tres segundos encajar la noticia (aquello era muy fuerte para su ego) y a continuación negó con la cabeza muy lentamente:

—No, no, no, preciosa. No puedes dejar de ser mi novia ahora. Hicimos un trato.

No tenía ni idea de lo que me estaba hablando. Le pregunté a qué se refería y, por toda respuesta, golpeó la mesa con los nudillos para decir:

—Hablo de que jamás una chica me ha abandonado, jamás de los jamases, ¿entiendes? Y no me da la gana que seas la primera.

Para genio, el mío. Di un puñetazo mayor que el suyo sobre la mesa y contesté, a un volumen bastante alto:

—Pues soy la primera, qué pasa.

Me marché con paso firme, muy enfadada. Y cuando digo muy enfadada significa que nunca antes lo había estado tanto. Por dentro de mi cabeza, una vocecita desconocida no paraba de repetir:

«Idiota, idiota, idiota.»

Sin embargo, el día aún podía empeorar. Nada más entrar en mi casa, zas, me encontré a la abuela y a mi madre tomando café en el salón. Lo noté. Noté ese tipo de reacciones de los adultos que creen que los hijos no vemos (o no sabemos entender, que es peor), pero que son inequívocas: estaban hablando de algo y callaron de inmediato, nada más verme. Fuera lo que fuera, dejaron muy claro que no era de mi incumbencia. Genial. Quise encerrarme en el cuarto, pero la voz de mi madre me detuvo:

—Estábamos hablando, Julia.

No entendí a qué venía aquel comentario. Imagino que pretendían que las dejara en paz, con sus confesiones entrañables (puaj) sobre partos, bebés, canastillas y un largo etcétera de cosas imprescindibles. Sólo recuerdo que volví sobre mis pasos, me situé frente a ellas y, señalando a mi abuela con el dedo índice extendido, levanté la voz más de lo debido para decir:

—No me importa un cuerno nada de lo que digáis, y menos vuestros secretos.

Aquella frase espontánea, que parecía el final del capítulo del viernes del culebrón, me valió otra semana de castigo. Menos mal que pasaron muchas cosas durante esa semana. De lo contrario, hubiera sido insoportable.

los libros prohibidos
también quitan
las penas

Lo último que hice antes de aceptar con resignación ese nuevo castigo de privación de libertad fue ir a los grandes almacenes *El genovés* a cambiar el vale de *Ediciones Campurriana* por tres títulos (a escoger) de la colección *El avión a pedales*. Había muchísimos, todos muy bien ordenados en unos anaqueles enormes. Los habían clasificado por colores: los verdes primero, luego los rojos, al final los azules y en el de más arriba los negros. Me gustó tanto la combinación que pensé que estaría bien tenerlos todos para que decoraran mi cuarto.

Tomé uno, al azar. Creo que era verde. Empecé a leer un textito que había en la contracubierta: «Sergio es un loro que se aburre mucho de tanto ver la televisión.» Lo dejé enseguida. No me interesaba la historia de un loro aburrido, gracias. Tomé otro: «Paula no quiere bañarse. Todas las noches, cuando llega la hora de meterse en la cama, discute con su madre.» Lo dejé de nuevo en su sitio y miré con desilusión los lomos de los demás. El tercero que cogí trataba de las aventuras de una hormiga que se marcha a ver mundo. Fue en ese momento que se me ocurrió mirar un poco más abajo del texto de la contracubierta, allí donde decía: «Para lectores hasta seis años.»

No puedo negaros que me sentí aliviada. Por un momento había creído que todo lo que había para leer eran aquellas historias de hormigas, loros o niñas sucias. Curioseé entre los que quedaban en los estantes y descubrí el fascinante mundo de las franjas de edad. Los azules estaban dirigidos a gente de hasta diez años. Los rojos, hasta doce. Los negros, de catorce a dieciocho. ¿Queréis adivinar cuáles me interesaron más? Por supuesto, los últimos. Aquellos argumentos sí valían la pena: chicos que se escapaban de casa, problemas con las drogas, embarazos no deseados (mira tú, qué coincidencia), violencia callejera, bandas de cabezas rapadas..., aquello era como un compendio de lo que mis padres no me dejarían leer, si se enteraran. La colección se llamaba *Top Secret*, un título muy apropiado ya que, de llevarme algunos de aquellos libros, tendría que mantenerlos lo suficientemente apartados de mis padres, y tal vez leerlos a escondidas debajo de las sábanas, qué emocionante.

No lo pensé dos veces. Estuve un buen rato leyendo las contracubiertas antes de escoger. Cuando llevaba leídas media docena tenía la impresión de que todas decían lo mismo, como si en realidad estuvieran redactadas con las mismas palabras, combinadas de una forma u otra. Por norma general, terminaban con una frase grandilocuente del estilo de: «Una inquietante historia sobre el tráfico de órganos que te helará la sangre.» O bien: «Un fascinante relato sobre los viajes en el tiempo que perdurará en la memoria del lector.» Otro ejemplo: «Una novela honesta e imparcial sobre la enfermedad del basurismo.» No pude evitar formularme la pregunta: ¿Quién redactaría aquellos textos? Fuera quien fuera, su trabajo debía de ser de los más aburridos que se conocen.

Me decidí por tres de los más peliagudos (analizado el asunto del modo en que lo analizaría mi madre, claro): *Quiero irme de casa*, *Enganchados al amor* y *Rebaños de ciudad*. Acababa de tomar una decisión: a partir de ese momento, quedaba inaugurada mi etapa de rebeldía pre-adolescente. De momento, lo concentraría todo en leer libros prohibidos. Luego, iría ampliando mi campo de actuación (o tal vez no, ya veríamos), hasta llegar a comprarme mi propia ropa. Iba tan concentrada en mis pensamientos que en un primer momento no me di cuenta de que unos ojos de sobra conocidos se clavaban en mí desde la sección de música clásica. Yo también los miré, pero sin verlos. Sólo cuando desvié una milésima de segundo la atención de mis cavilaciones me di cuenta de quién estaba al otro lado: era ella. Los ojos que me miraban desde el fondo del pasillo, junto a la sección de música clásica, eran los de Raquel.

Por supuesto, eché a andar entre la gente, con mis libros en la mano. Necesitaba hablar con ella, que me aclarara algunas cosas, que me contara si estaba bien. Sin embargo, ella echó a andar más deprisa que yo. Había bastante público por todas partes, de ese que se entretiene a mirar algo y no tiene ni la menor idea de que estorba o está en mitad del paso. Además, no escogí el mejor de los caminos para perseguir a Raquel. En el pasillo por el que me metí había más de tres gordas con sus respectivos y enormes culos. Me costó un horror llegar hasta el otro lado y cuando lo conseguí, ocurrió lo peor: no había ni rastro de Raquel.

Pensé que lo más lógico era que se hubiera dirigido a la calle, así que fui hacia la salida, sin reparar en nada más que en encontrarla. Y, en verdad, mi corazonada fue buena, porque mientras bajaba a toda prisa por las escaleras mecánicas pude ver su melena rojiza ondeando muy cerca de la puerta principal. Corrí para alcanzarla, di grandes zancadas por entre los discos y las cintas de vídeo, atropellé a tres o cuatro personas (y a un niño en un cochecito, que se echó a llorar) y la hubiera atrapado si en el momento en que crucé el umbral de la puerta no hubiera empezado a sonar una alarma atronadora. Inmediatamente se acercaron a mí dos guardias de seguridad. Me miraban como si yo fuera una ladrona profesional, pero enseguida entendieron lo que había pasado y fueron amables conmigo. ¿Lo adivináis? Pues claro: con las prisas, me olvidé de canjear mi vale y los libros prohibidos hicieron sonar las alarmas del establecimiento, como si se hubieran puesto de acuerdo con mi madre. Una vez asimilada toda la escena, me pareció que aquel principio con sirenas y guardias había sido el mejor de todos los que podía elegir para mis lecturas de verano.

En casa me esperaba una sorpresa. Pablo, sentadito en el sofá, tan guapo como de costumbre, bebía un vaso de leche con chocolate que le había servido mamá. (He aquí otra enojosa costumbre de mi madre: a todo el que llega buscándome le sirve un vaso de leche con chocolate.) Encontrar allí a Pablo me causó tanta sorpresa como alegría. Con todo aquel lío de Ismael, los castigos y la búsqueda de Raquel, llevaba un par de semanas sin ver a nadie.

Después de una observación detallada me di cuenta de que:

a) Pablo no tenía muy buen aspecto. Parecía triste.

b) Llevaba en la mano una película que era de Lisa (*Shrek*, creo, una de nuestras favoritas).

c) No había tocado el vaso de leche.

—Perdona que me presente sin avisar, Julia —dijo—, es que había quedado con Lisa en la heladería, pero no ha venido.

—¿Quieres llamarla?

—Ya lo he hecho. Tiene el móvil apagado.

—Si quieres, vamos a ver si está arriba.

—No está, ya lo he mirado —contestó.

Se me acababan los recursos, pero lo volví a intentar:

—Podríamos ir a la heladería. Tal vez te está esperando allí.

—Imposible. La he visto marcharse en dirección contraria —dijo él.

Basta. Filón agotado. Cambié de tema:

—¿Por qué no te tomas la leche?

—Porque no tolero la lactosa. Si me bebo eso, me moriré.

Pensé que mejor no le decía nada a mi madre y me bebía la leche yo. Se pone muy nerviosa cuando la gente no come. Seguro que creería que lo de Pablo era una excusa para no tomarse la leche.

—Qué rollo —zanjé.

—Pues sí.

Realmente, Pablo parecía muy abatido. Tanto como lo estaba Gus unos días atrás. Decidí quitarle importancia a la cosa.

—Igual se ha olvidado de que habíais quedado —opiné.

—No lo creo.

—O le ha surgido algo muy importante. ¿Has pensado en que tal vez haya venido su padre? El padre de Lisa siempre se presenta sin avisar.

—No te esfuerces, Julia —me interrumpió—, lo hace a propósito. No es la primera vez.

—Pero... ¿cómo...? —Aquel comentario me cortó el rollo, lo reconozco.

—A Lisa ya no le gusto. Creo que tiene otro novio.

—Imposible. Yo lo sabría.

Pablo me dirigió una larga mirada llena de tristeza. Suspiró muy profundamente y luego dijo:

—¿Te importará devolverle esta película, por favor? No soporta que me retrase cuando me presta algo.

—Claro —susurré.

Pablo se levantó y caminó hacia la puerta.

—¿Puedo hacer algo más para ayudarte? —le pregunté.

«Cualquier día deberían nombrarme benefactora de los novios de mis amigas», pensé.

Pablo se encogió de hombros:

—No le digas a Lisa que estoy triste, por favor.

Se lo prometí. Creo que yo, en su lugar, hubiera hecho lo mismo:

—¿Quieres que vayamos a tomar un helado? —propuse.

No sé qué hubiera hecho si llega a aceptar, recordad que estaba castigada.

—Tal vez otro día —dijo—, pero te lo agradezco mucho.

Se marchó con la cabeza gacha, abatido. Sólo después de cerrar la puerta, mientras intentaba poner un poco de orden en mis pensamientos, logré articular una respuesta, débil como un murmullo que llegaba del fondo del pozo de mis pensamientos:

—De nada.

Aquellos días estuve haciendo averiguaciones. Jugar a los detectives me gusta mucho más de lo que Lisa piensa, aunque no lo demuestre. Aproveché que estaba en casa y que mamá había dejado de darme la murga con el cuaderno de las vacaciones para fisgar por Internet desde el ordenador de papá.

Debo hacer una puntualización: Después de que yo le enseñara la carta de *Ediciones Campurriana*, mi madre había dejado de imponerme la realización de los ejercicios diarios, pero no había bajado la guardia (después de todo, será madre hasta el fin de sus días, no lo puede evitar), así que, de vez en cuando, me lanzaba dardos envenenados del estilo de:

—Las niñas que hacen los ejercicios de verano tienen más éxito en el cole.

O:

—La inteligencia es como un músculo: si no lo utilizas, se atrofia.

También me insistía sobre el regalo de los amables editores:

—A ver cuándo vas a buscar los libros que te regalan. Así, por lo menos, leerás.

«Si ella supiera que ya llevo más de medio leído y que me gusta mucho», pensaba yo.

Lo que descubrí en Internet casi me sacó de dudas, pero por si acaso, preferí preguntar a una técnica en la materia.

Irrumpí en la cocina mientras mamá se servía un café y lancé la pregunta a bocajarro:

—¿Hasta qué edad se pueden tener hijos, mamá?

Pensé que era una pregunta fácil de responder, pero al parecer estaba equivocada. O eso me pareció, porque mamá hizo una pausa, dejó el café sobre el mostrador y se sentó en uno de los taburetes, con la espalda muy recta contra la pared. Siempre que tiene que decirme algo muy largo, muy importante o las dos cosas, se sienta.

—¿A qué te refieres, hija? —preguntó.

Volví a formular mi duda. No me parecía que fuera algo difícil de entender.

—No hay una respuesta única a esa cuestión —dijo mamá.

«Ya está. Se va por los cerros de Úbeda», me dije yo, temiendo lo peor.

Acerté.

Mamá esbozó una sonrisita pícara, me acarició el pelo y dijo:

—No tienes por qué preocuparte, hijita, papá y yo tenemos suficiente contigo, no queremos tener más niños.

Le hubiera dicho:

—Qué graciosa estás cuando no entiendes nada, mamá.

Sin embargo, le dije:

—No lo pregunto por eso, mamá.

Su siguiente frase fue complicada y llena de información útil, de esa que mi madre llama educativa:

—Los hombres pueden tener hijos hasta muy mayores. No sé, digamos sesenta o setenta años. Otra cosa es que deban hacerlo, claro, allá ellos, aquí cada cual tiene su respetable opinión. Todas las opiniones son respetables, hija, las compartamos o no, no lo olvides. Las mujeres, en cambio, dejamos de ser fértiles alrededor de los cuarenta y cinco o los cincuenta años. A eso se le llama la menopausia y no es malo, ni una enfermedad, ni algo de lo que haya que avergonzarse, es sólo una etapa más de la madurez. ¿Me has entendido?

—Creo que sí, pero es injusto.

—¿Para qué quieres saberlo, hija?

Me quedé pensativa. Mi cabeza era como una olla a presión a quien alguien va a quitarle la válvula de un momento a otro. ¿Habéis visto lo que pasa cuando a una olla a presión se le quita la válvula de pronto? Mejor que no tratéis de averiguarlo, por el bien de la cocina de vuestros padres.

Minutos más tarde, después de despejar algunas incógnitas y descartar algunas hipótesis, había encontrado una solución al intríngulis. Era más que una iluminación, una certeza absoluta. Llamé a mis inseparables para decírselo. Ninguna de las dos estaba en casa. También llamé a Ismael, pero había salido. Finalmente, llamé a Pablo. Tenía que contárselo a alguien o me pasaría igual que a las ollas a presión.

Pablo se sorprendió, o se asustó, o me tomó por loca cuando le dije lo que sabía:

—Mi abuela no está embarazada. ¡Va a adoptar un bebé!

Nunca hubiera pensado que alejarme de mis inseparables me produciría una tristeza tan enorme. Hasta que me hice amiga de Lisa y de Analí, de una manera llena de casualidades y sobresaltos que tal vez ya conocéis, nunca había tenido verdaderas amigas. Creo que era (tal vez aún lo soy) una chica un poco desagradable, y hasta que ellas aparecieron en mi vida tenía en casi todas partes (sobre todo en el colegio y en mi barrio) fama de ser gruñona, antipática y solitaria (creo que por este orden). Por eso valoré tanto la amistad de las chicas y por eso durante el verano que os estoy contando, cuando nos alejamos de aquella manera tan tonta, me sentía verdaderamente triste. En realidad, me sentía mucho más triste de lo que jamás hubiera imaginado que pudiera estar por una causa así.

Gracias a mi facilidad para darle vueltas al coco y ayudada en gran parte por todo el tiempo que pasé castigada en casa, sin ganas de hacer nada más que tumbarme en la cama a escuchar música, pude meditar las cosas y tratar de encontrar una explicación a aquel desaguisado. Hice una lista que se titulaba *Cosas que ya no hacemos*. Era muy larga, tan larga que me dejó un poco deprimida. Incluía diversiones de primera necesidad, como ir al cine, organizar maratones de vídeo, pasear por el centro, hablar de chicos, encerrarnos en el cuarto de Analí a ver fotos, ir juntas al cuarto de baño, comer pipas, galletas, helados, pizzas y regaliz, visitar la chocolatería, reírnos hasta tener dolor de tripa, visitar a Raquel en su taller, prestarnos cosas muy personales, como una falda o una pulsera...

Raquel. Por algún motivo extraño, las malas noticias y las cosas que no funcionaban se estaban acumulando. Teníamos que encontrar un día para ir las tres a llevarle comida al gato de Raquel. Ella dijo que era urgente, y ya habían pasado veinticuatro horas. Pero por mucho que llamaba a Lisa o a Analí, no había forma de encontrar un hueco. Cuando podía una, no podía la otra y al revés. Nosotras, las inseparables, las que siempre íbamos juntas a todas partes, los ángeles de Charlie, las Supernenas..., de pronto no encontrábamos un hueco para salir las tres, ni siquiera si teníamos algo importante que hacer. Y algo mucho más alarmante: cuando lo encontrábamos, nos pasábamos el rato discutiendo.

La tarde en que por fin conseguimos encontrar un tiempo para visitar el taller de Raquel fue una de las peores que recuerdo de toda mi vida. Nos citamos a las cuatro en la heladería. Yo conseguí permiso provisional para salir (lo reconozco, se lo pedí a papá, que siempre es más blando conmigo, utilizando mis malas artes de hija cariñosa). Cuando faltaba un cuarto de hora para las cuatro, por casualidad, vi a Analí salir del portal y dirigirse hacia la plaza. No le di mucha importancia, aunque miraba a todos lados, como si temiera que alguien la estuviera espiando. Hacía bien: yo la estaba espiando, pero me escondí para que no me descubriera. Un cuarto de hora después, aparecimos por la heladería Lisa y yo, y aunque esperamos bastante a que apareciera Analí, nuestra amiga china nos dejó plantadas, como nunca antes había hecho, sin ni siquiera darnos una explicación.

Aproveché ese ratito de plantón para preguntarle a Lisa por Pablo. Lo primero que hizo fue ponerse en guardia:

—¿Por qué lo preguntas? —dijo, muy alarmada.

Me había limitado a preguntarle cómo les iba todo. Creo que no era para ponerse así. Se lo dije.

—No me gustan las traidoras —contestó con una contundencia que me asustó.

Mi corazón dio un respingo. Lo primero que pensé fue que se había enterado de que había estado hablando con Pablo. Y eso que todavía no le había devuelto la peli. Me salió un hilillo de voz cuando le pregunté:

—¿Se puede saber por qué dices eso?

Su respuesta, tan concisa y tajante como la anterior, no me sacó de dudas y, en cambió, me dejó mucho más desasosegada que antes:

—Como si no lo supieras.

Me dolió ese comentario. O, tal vez más que el comentario en sí, me dolió la forma en que lo dijo. Con ironía, dibujando una media sonrisa, sin mirarme a los ojos, como si no hablara conmigo o como si la que hablaba no fuera mi amiga Lisa, sino otra persona diferente, que me odiaba por algo que no quería decirme.

De camino al taller de Raquel, no nos dirigimos la

palabra. Ella andaba estirada como un palo de escoba, tan orgullosa como sabe parecer ante la gente que no la comprende o que no le cae bien. Pocas veces había visto a Lisa ser tan desagradable, y mucho menos conmigo. Por mucho que pensara y pensara, por mucho que me saliera humo de las orejas de tanto agitar la materia gris, no encontraba ningún motivo, ni grande ni pequeño, ni viejo ni reciente, para que Lisa se comportara conmigo de aquel modo. Y en ese momento, sintiendo el corazón cargado de una tristeza que empezaba a ser dolorosa, comprendí que nuestra amistad estaba muy enferma y que, si no encontrábamos la manera de curarla pronto, nunca volvería a ser la de antes.

La vecina del segundo, a quien se suponía que debíamos pedirle la llave del taller de Raquel, era una anciana encogida y medio sorda que nos hizo repetir diez veces lo que pretendíamos. Tendríais que habernos visto, a Lisa y a mí, detenidas en el rellano de una escalera oscura como la boca de un lobo, gritando a todo pulmón —como si fuéramos un dúo con mal gusto— frente a una vieja en bata:

—Déjenos la llaveeeeeeeeeee, por favooooooooor.

Le dijimos que nos mandaba Raquel, pero tal vez no nos entendió. Cuando ya lo dábamos todo por perdido, vimos cómo se volvía hacia un aparador que tenía en la entrada, le quitaba la tapa a un jarrón y sacaba de él una llave grande y oxidada que parecía de otro tiempo.

—Tomad, niñas, pero tendré que contárselo a Raquel cuando vuelva —dijo.

«Menuda guardiana tiene Raquel en esta vecina», me dije, viendo la facilidad con la que nos entregaba la llave sin tener ni idea de quiénes éramos ni de lo que íbamos a hacer con ella.

El primer escollo, pues, estaba salvado. Abrir la puerta del taller no fue fácil. No quiero que penséis que somos unas inútiles: no es una puerta cualquiera, sino un portón de esos del tiempo de los romanos, los judíos, los góticos o algunos de esos señores antiguos que lo fabricaban todo grande, pesado y complicado. Tuvimos que empujar entre las dos para lograr entreabrir medio portón y colarnos por una rendija. Dentro olía a humedad y estaba muy oscuro. Menos mal que encontramos enseguida el modo de encender la luz, aunque antes de conseguirlo yo metí un pie en una canasta llena de cuentas redondas de madera y en cuestión de segundos el suelo del taller quedó sembrado de esferas que corrían de un lugar para otro, y que amenazaban con colarse debajo de nuestras sandalias para hacernos caer.

—Venga, encontremos al dichoso gato y marchémonos —decidió Lisa, de muy mal humor.

A simple vista no había rastro de *Uj*. Pensé que lo mejor sería llamarle por su nombre suavemente, para no asustarle.

—*Uj*, bonito, ven aquí. *Uuuuuj*, guapo. Veeeeen.

Cuando había insistido varias veces, Lisa volvió a cortarme:

—Si yo fuera gato no vendría ni loco.

Puse en práctica otra técnica: callarme y escuchar. Me quedé todo lo quieta que pude y agucé el oído. Nada. Allí no se oía nada. Sólo nuestra respiración y las quejas de Lisa.

—Haz algo, Julia, no te quedes ahí parada —ordenó mi amiga, que sin yo saberlo había asumido el mando.

El plan número tres consistió en sentarme y quedarme quieta. Debo reconocer que si no hubiera sentido tanta rabia, no lo hubiera hecho. Ya que Lisa no aprobaba ninguno de mis métodos, lo mejor sería que buscara a *Uj* ella sola.

—¿Qué haces, si se puede saber? —preguntó, de muy malas pulgas.

—Me declaro en huelga —contesté.

Le quiso quitar importancia a mi decisión, pero sé que le fastidió. Y yo sentí un cosquilleo de satisfacción al comprobarlo. Dijo:

—Genial. No te necesito, en realidad.

Buscó por todos los rincones mientras yo seguía contemplándola en silencio.

Encontrar algo, cualquier cosa, en aquel lugar, no era tarea fácil. Un gato tampoco. *Uj* dormitaba sobre un montón de periódicos viejos, en un rincón.

—Mira, bonito, te hemos traído leche —dijo Lisa.

Yo, mientras tanto, buscaba unas tijeras detrás del mostrador. Las encontré entre un caos de objetos de todo tipo. Uno, en concreto, me llamó la atención.

—Lisa, ven un momento, ¿quieres?

Mi amiga se acercó. Señalé hacia un marco de madera que sostenía una fotografía. Lisa entornó un poco los ojos y frunció el ceño. Aquel descubrimiento la dejó tan sorprendida como a mí, lo vi en su cara de inmediato.

No era para menos: en la fotografía aparecía Raquel, con su atuendo característico, abrazada a un chico algo más alto que ella, los dos muy sonrientes. El chico tenía una melena rubia, el torso desnudo y moreno, y llevaba un bañador diminuto. No había duda: era el chico de las hamacas, aquel con el que habíamos visto a Raquel discutir, en la playa, el día de la persecución, y que luego no se acordaba de ella.

—Creo que ésta es un pista muy importante —murmuró Lisa, recuperando su mirada sagaz de detective.

Pero aquel día aún no había agotado todas sus sorpresas. Al llegar a casa, nos encontramos a Analí en el portal.

—Hemos estado esperándote, guapa —soltó Lisa, muy enfadada.

Analí sonrió de ese modo encantador que sabe adoptar cuando quiere convencer a alguien de cualquier cosa y contestó:

—Ay, perdonadme, chicas, mi madre se ha empeñado en comprarme ropa en las rebajas y he tenido que acompañarla. Hemos salido muy temprano para no encontrar gente. Y todo para nada, porque al final sólo me ha comprado unas zapatillas horribles con florecitas.

Analí mentía. Lo supe enseguida, en cuanto abrió la boca. No había ido con su madre porque yo la había visto salir sola. Y las zapatillas de florecitas se las habían comprado la semana pasada. Eso lo sabía por mi madre, que decidió que iba a comprarme otras iguales porque eran una ganga. Lo peor de todo, sin embargo, fue ver la naturalidad con que Analí nos dijo todas aquellas mentiras, sin dejar de sonreír en ningún momento, sin que se le notara nada extraño, y cómo luego se despidió de nosotras y se marchó a su casa, dejándonos con la boca abierta.

—Creo que está mintiendo —dijo Lisa sin mirarme, como si hablara para sí misma.

Preferí no contestar.

la amistad mágica
y la maga amiga

Hay algo que no os he dicho: Lisa fue incapaz de dejar a *Uj*, el gato de Raquel en aquel lugar cerrado, húmedo y oscuro. Prefirió, como ella dijo, «invitarle a pasar unos días en su casa, en calidad de invitado de honor».

—Además —dijo—, seguro que hace buenas migas con *Roxi*.

En este caso, cuando Lisa decía «mi casa» no se refería al reducido ático que su hermano tenía un poco más arriba de nuestro piso, sino al enorme, descomunal, exagerado y estupendo piso que sus padres poseían en la zona alta de la ciudad y donde ella pasaba el resto del año. Viviendo en aquel lugar, no entiendo por qué la gata *Roxi* tenía necesidad de huir por los tejados, pero allá ella, seguro que los gatos tienen una explicación para este tipo de cosas que los humanos nunca seremos capaces de entender.

—Cuando Raquel regrese, le devuelvo a *Uj*, y listos. De momento, me da pena dejarle aquí solo.

Así que Lisa no se cortó un pelo: Llevó a *Uj* a casa

de sus padres y le dejó al cuidado de Vicenta, la asistenta de toda confianza. Eso sí, desde ese día, no pasaban veinticuatro horas sin que nuestra amiga llamara a su casa para preguntar por el estado de *Uj*.

—Se ha bebido tres tazones de leche, el pobrecito. Estaba muerto de hambre —informaba Lisa, según las crónicas detalladas de Vicenta.

O:

—Esta noche ha dormido en mi cama, muy pegadito a *Roxi*.

O:

—Ha arañado las cortinas del salón con sus uñas largas y Vicenta le ha llevado al veterinario para que se las corte. Van tomándose confianza.

Mientras todas esas cosas pasaban en la zona alta de la ciudad, en nuestro barrio el ambiente estaba de lo más enrarecido. De hoy a mañana se había llenado todo de policías al acecho, que entraban y salían de bares y restaurantes como Pedro por su casa, con esa expresión grave de estar de servicio y a punto de cazar al malo que se les pone a algunos agentes cuando cumplen con su deber.

Mi padre nos informó de lo que buscaban:

—Ha habido varios chivatazos. Parece que muchos de los nuevos locales no tienen los papeles en regla. Dicen que van a cerrar más de uno.

Yo tampoco lo entendía, pero la cosa es más o menos así: para abrir un restaurante hacen falta unos permisos que cuestan dinero, y que no se dan a cualquiera. Antes de otorgar un permiso, las autoridades se aseguran de que el futuro restaurante cumpla todas las normas de higiene y que no vaya a perjudicar a los demás profesionales de la zona. Sólo después de este estudio detallado, que tarda un tiempo, se puede levantar la persiana de un restaurante. Por lo visto, hay gente que vulnera la ley, y estafa a los demás, prescindiendo de alguno (o de todos) de estos trámites. Es una forma de ahorrarse dinero y molestias, pero con eso perjudican a los colegas que trabajan en lo mismo y en el mismo barrio. Menuda cara.

Las amenazas, desde luego, se cumplieron, pero aún no es el momento de hablar de ello. Lo más divertido del caso fue que, en uno de sus paseos por el barrio, una pareja de la policía detuvo a un hombre con aspecto sospechoso que estaba aporreando un portón poseído de una rabia poco habitual. Seguro que no sois capaces de averiguar de qué portón se trataba y quién era el hombre, pero fue el primer detalle que hizo avanzar nuestra investigación de una forma decisiva: el portón era el del taller de Raquel; el hombre, un moreno con bigote y algunos quilos de más, nacido en Italia, de nombre Piero, cocinero de un conocido y recién inaugurado restaurante italiano de la zona. Cuando me enteré —también gracias a mi padre—, me quedé helada: ¿Habían detenido al padre de Ismael? No, al parecer no le habían detenido, aporrear una puerta no es para tanto: pasó en comisaría tres horas y luego le soltaron. Lo malo fue que aquello le puso bajo sospecha, y al día siguiente los agentes se presentaron en su restaurante reclamando los papeles. Y pasó lo que, de alguna manera, ya todos esperábamos: que el restaurante italiano en el que tantas veces había visitado a Ismael, donde me había comido toneladas de tiramisú y donde, se suponía, debían servir unos *fetuccini* que llevaban mi nombre, no tenía licencias de ninguna clase. Allí eran ilegales hasta los macarrones, por decir una exageración que os ayude a ver claras las cosas. Poco después de salir los policías del local, sus puertas se cerraban para no volver a abrirse.

—Aprovecharemos para celebrar una semana de gastronomía italiana en nuestro restaurante —dijo papá, que siempre ha tenido muy buen ojo para los negocios.

—Yo te ayudo, papi.

Aceptó. Es más, estaba tan contento que hasta me dejó decidir algunos de los platos del menú. Ésa fue la razón por la que en nuestra carta especial, dedicada a nuestra semana gastronómica italiana, había unos *fetuccini Julia*, riquísimos, preparados con mis ingredientes favoritos (jamón de York, queso gruyer y nata líquida); y también unos *macarroni Ismael*, con guindilla, pimienta y ajo, tan picantes que, sin duda, quienes los probaran se acordarían del nombre del italiano más liante de cuantos han pasado por el barrio durante mucho tiempo. Por una vez, mi padre delegó en mí parte de sus plenos poderes culinarios, y yo me lo pasé en grande dedicándome a mi afición favorita: cocinar.

¿Os he dicho que de mayor voy a ser la cocinera más famosa del mundo?

Sin embargo, antes de llegar a esto sucedieron algunas cosas que aún no os he contado.

Creo que la más importante fue que uno de aquellos días, cuando todo parecía estar más embarullado que nunca, las tres tuvimos una idea común y creo que de lo más acertada: sin haber tenido ocasión de hablarlo previamente, las tres nos pusimos el colgante en forma de estrella que nos había regalado Raquel. ¿Creéis en las casualidades? Yo no. Yo estoy convencida de que las cosas ocurren cuando tienen que ocurrir, como aquella coincidencia que en realidad no lo era porque no podía serlo. ¿Os cuento un secreto? Estoy firmemente convencida de que, aquel día, el colgante nos libró, a mis inseparables y a mí, de una enorme catástrofe.

La primera casualidad fue la forma en que nos encontramos. Al reproductor de mi padre se le acabaron las pilas de pronto. Era extraño, porque las había cambiado, precisamente, el día anterior, pero no hice mucho caso (son cosas que nunca entiendo). Busqué en el cajón donde mamá guarda estos artículos, pero entre las bombillas (de todos los tamaños, potencias y formas, incluidas esas de bajo consumo que resultan tan odiosas), la cinta adhesiva, el pegamento y las velas para una emergencia, no encontré ni una sola pila nueva. Era la hora de la siesta, esa hora perezosa en que no se puede salir a la calle porque te asas de calor y todo el mundo dormita en su casa, pero pese a todo, me armé de valor y decidí bajar al supermercado, a comprar un paquete de pilas nuevas. Todo lo hacía por acabar de escuchar *Enjoy the Silence* de Depeche Mode (el maxi-single) sin más sobresaltos.

No me sorprendió encontrar a Lisa y Analí en la terraza del bar que hay junto a la tienda. La verdad es que ya no me sorprendía casi nada que viniera de ellas, por triste que eso pudiera resultar.

«Las amigas se encuentran y se pierden, mala suerte», me decía, sin poder evitar que la tristeza me pesara en el corazón.

Me fijé en que las dos llevaban al cuello el colgante con la estrella. Yo también llevaba el mío, aunque no se me viera: pegado a la piel, por debajo de la camiseta.

—Qué casualidad, estábamos hablando de ti —dijo Lisa, nada más verme salir por la puerta del supermercado.

Les dediqué una sonrisa de esas que no significan nada.

—¿Qué hacéis aquí?

—Hablamos de chicas que tienen muy poca vergüenza —dijo de nuevo la chica diez.

Había que ser muy inútil para no darse cuenta de que Lisa estaba muy enfadada y que su tono era una declaración de guerra. Analí miraba hacia otro lado, ladeando la cabeza, y parecía muy incómoda. Lisa añadió:

—Aunque sería mejor decir que hablamos de traidoras. De una traidora de doce años que se llama Julia.

Aquello era el colmo. Si hasta ese momento aún dudaba si debía quedarme con ellas o regresar a mi casa, esa frase me ayudó a decidirme: aparté la silla y me senté a la mesa, frente a ellas. Enseguida se acercó el camarero y le pedí un agua con gas. Hacía un calor horrible. Hubiera preferido mantener aquella conversación en otro momento y tal vez en otro lugar, pero las cosas se me estaban escapando de las manos.

—¿De qué va todo esto? —pregunté.

—Creo que eso deberíamos preguntártelo nosotras, Julia —tomó la palabra Analí.

A nuestra amiga china se le da fatal enfadarse. Es de esa gente que ni siquiera sabe hacerse la ofendida. Por eso aquel día me asustó de verdad verla tan seria, tan en su papel. Un papel, además, tan infrecuente en ella.

—No entiendo qué queréis —dije.

—Una explicación, por lo menos —contestó Lisa.

—Muy bien, ¿sobre qué? —pregunté, cada vez más despistada.

Lisa miró a Analí y negó con la cabeza:

—Esta tía es increíble —dijo—, ahora será capaz de decirnos que es mentira.

—¿Qué es mentira? —insistí.

Analí volvió a intervenir. Hablaba con una voz débil y parecía a punto de llorar:

—Esto es muy fuerte, Julia. Por favor, tienes que reconocer todo lo que has hecho con Gus y con Pablo.

Por un momento, respiré aliviada. Les conté toda la verdad, y listos. Mi papel se había limitado a ejercer de paño de lágrimas y, en ocasiones, de recadera. No había de qué preocuparse.

—Ahora dinos todo lo demás —añadió Lisa, que no se dio por satisfecha con mi explicación.

¿Todo lo demás? ¿A qué se referían?

—Sabemos que has intentado ligar con ellos. En una palabra: quitarnos los novios —acusó Analí.

Supongo que se dieron cuenta de mi estupefacción, de mi total sorpresa. Si me hubieran acusado de espionaje internacional no me hubiera extrañado más.

—¿No dices nada? —preguntó Lisa.

No se me ocurría absolutamente nada que decir. Aquello era demasiado absurdo, demasiado increíble. Y lo peor de todo: que mis mejores amigas dudaran de mí de aquella forma tan clara sin ni siquiera dejar que les explicara las cosas.

Decidí que lo mejor que podía hacer era marcharme. No valía la pena darle explicaciones a quien no las merecía. Me levanté, muy ofendida y haciendo mucho ruido con la silla (que era de esas metálicas, de color plateado brillante) y me marché a paso ligero.

En casa me aguardaban una sorpresa y una decisión.

La sorpresa: delante de mi bote de los bolígrafos, esperaba una postal. Era idéntica a la que había recibido Raquel: la lava de un volcán en erupción. Exactamente de aquel modo me sentía yo, a punto de explotar. Por detrás, alguien había escrito mi nombre, mi dirección, y una frase de acusación breve pero contundente:

Lisa y Analí ya no quieren salir contigo.

La decisión tardó un poco más: ya había cambiado las pilas del reproductor de discos, me había tumbado en la cama y había escuchado casi hasta el final *Memphisto*. Me sentía muy triste, aunque no quisiera reconocerlo, y aquella canción no me ponía de buen humor, sino todo lo contrario. De pronto se me ocurrió la única persona que tal vez todavía querría ayudarme. Tuve que tragarme el orgullo para llamarla, pero lo hice.

Descolgué el teléfono, marqué el número de mi abuela y con una voz que me salió entre gangosa y constipada, le pregunté:

—Abu, ¿puedo venir a verte un momento?

Debo reconocer que mi abuela estuvo a la altura de las circunstancias:

—Claro que sí, hijita, ven cuando quieras —respondió.

Me quité el auricular que me quedaba (el de la oreja izquierda), me calcé las sandalias, cogí la postal y salí de nuevo al calor de la calle en las horas de la siesta.

Por cierto, que a unos metros del portal distinguí a Arturo besando a una pelirroja con una melena muy larga y una falda muy corta, como si tuviera hambre y ella fuera un pastel de chocolate. Por suerte, y aunque yo los observé con detenimiento, ellos no me vieron. Sólo me faltaba eso: que el chico de mis sueños, el único, el verdadero, el imposible, me presentara a su novia número quinientos.

—Pasa, Julia, pasa, tengo una sorpresa para ti.

Las últimas personas a quienes esperaba encontrar en casa de Teresa eran Lisa y Analí. En décimas de segundo se me ocurrieron toda clase de ideas: que mi abuela estaba de su parte, que era una trampa, que no debería haber ido y que me marchaba de allí en el acto. Sin embargo, un comentario de Analí me detuvo:

—Creo que te debemos una disculpa, Julia —dijo—, tu abuela nos ha contado algunas cosas.

En nuestros conflictos, mi abuela era —y a partir de ese momento lo fue de forma más oficial— una especie de mediadora de buena voluntad. Era como esas personas que mandan a los lugares donde va a estallar una guerra, a ver si consiguen hacer que los que están peleados resuelvan sus problemas como la gente civilizada. Aquel día, desde luego, mi abuela lo consiguió, aunque sin duda recibió un poco de ayuda extra (ya os hablaré de eso).

—Creo que tenéis mucho que deciros, chicas —dijo Teresa—, os traeré unos refrescos. Con este calor, no hay quien piense bien.

Me senté junto a ellas. La siguiente frase de Lisa fue inquietante:

—Hemos sido unas idiotas.

Analí asintió con la cabeza, dándole la razón. Lisa añadió:

—Por dejarnos calentar la cabeza por un memo.

Creo que empecé a atar cabos en ese momento. Me daba en la nariz que se estaban refiriendo a Ismael. Lancé la pregunta directamente, sin rodeos. Y cuando pronuncié el nombre del italiano guapo y con acento exótico fue como si hubiera abierto la caja de los truenos. Mis dos amigas empezaron a hablar al mismo tiempo, se amontonaban, se acaloraban, levantaban el tono. Yo sólo lograba captar pedazos de sus frases, pero me bastó para saber que el asunto era muy grave, que habíamos sido víctimas, las tres, de un fatal engaño y que en todo aquello sólo había un culpable: era italiano, embustero, guapo y tenía los ojos azules.

Todo el mundo sabe que uno de mis entretenimientos más curiosos consiste en deshacer nudos. Los que más me gustan son esos tan difíciles que se forman en las cadenitas de oro o de plata. Alguna vez, es cierto, he encontrado alguno que se me resiste, pero casi siempre salgo victoriosa. La técnica para deshacer un nudo es sencilla: basta con encontrar un cabo del que tirar, un extremo, una de las vueltas, para que todo lo demás empiece a aflojarse. Dicho así parece muy sencillo, pero si se tira de la vuelta o del extremo equivocado, corres el riesgo de que el nudo, lejos de aflojarse, se haga todavía más y más fuerte, y termine por resultar imposible incluso para manos expertas como las mías. Pese a todo, no me gusta rendirme: a veces echo un poquitín de aceite sobre los nudos más rebeldes. Si esto no da resultado, estoy perdida. Podríamos decir que es mi último recurso.

Aquel problema con mis inseparables se asemejaba bastante a uno de los peores nudos que recuerdo. Hubo un momento en que parecía imposible deshacer el entuerto y volver a ser las amigas de siempre. Era como si las tres estuviéramos uniendo esfuerzos por tirar del extremo equivocado. En cambio, a partir de cierto momento las cosas empezaron a cambiar. Pusimos un poco de nuestra parte y contamos con algunas ayudas desinteresadas, de manera que el nudo imposible comenzó a ceder, y se aflojó, y se aflojó, hasta que no quedó recuerdo de él en la cadenita de nuestras vidas. No fue fácil, lo admito: hubo momentos en que temí que no seríamos capaces de hacerlo. Ahora me alegro mucho de haberme equivocado en eso.

Os he hablado ya de casualidades. Creo que no fue casual que las tres nos pusiéramos el colgante de Raquel, precisamente el día en que nuestros problemas por fin se resolvieron. Creo, ni más ni menos, que hay cosas que suceden de un modo determinado porque debe ser así, o porque alguien ha deseado que así sea.

Raquel volvió al barrio muy poco después. De nuevo los portones de su taller se abrieron en el estrecho callejón, y nuestra amiga la maga recuperó su sonrisa y su buen humor de siempre. No dejamos pasar ni una tarde sin ir a verla, muy felices por su regreso. Fue allí mismo, mientras ensartaba cuentas de colorines en un cordón de cuero, donde nos contó su historia y nos aclaró muchos misterios:

«A mediados de la primavera vino a verme un hombre a quien no conocía de nada. Por su acento adiviné que era italiano. Según él me contó después, pensaba abrir un restaurante en el local de la plaza donde hasta entonces había habido un banco. Parecía simpático, y era muy parlanchín. Un amigo le había explicado que yo vendía collares y practicaba la magia blanca, así que venía a pedirme un favor, pero estaba dispuesto a pagar por él lo que yo le pidiera. Nunca me ha gustado abusar: me contó su caso y yo le propuse una cantidad que él encontró escasa. Me pagó cuatro veces más de lo que yo le pedía, sin dejarme protestar. No hacía más que repetir, eufórico:

»—Si lo consigues, seré un hombre inmensamente rico.

»Me pidió un conjuro para recuperar el amor perdido, algo bastante habitual. Según me dijo, su matrimonio estaba pasando por momentos de crisis. Por ese motivo, su mujer se había quedado en Nápoles mientras él viajaba a España con la intención de ver qué posibilidades de negocio había en nuestro país. Llamaba a su mujer tres o cuatro veces al día, le enviaba flores, le escribía constantemente, estaba loco por ella, pero ella no parecía responder muy bien a tantas muestras de afecto. Por eso, antes de resignarse a perderla del todo, decidió recurrir a la magia y venir a verme. Me pareció un hombre muy enamorado y, tal vez por eso, en un estado de nerviosismo permanente. Daba la impresión que su mujer era para él lo único que merecía su interés de cuanto hay sobre la faz de la tierra.

»Yo hice mi trabajo: le entregué un collar precioso de cuentas color ámbar sobre el que había realizado un conjuro de recuperación del amor perdido. Él le envió el collar a su mujer y me pagó por mis servicios. Luego la vida continuó: abrió su restaurante, trajo de Nápoles a parte de su familia para trabajar con él —entre su parentela, un par de sobrinos gemelos que se ocupaban tanto de la cocina como de la vigilancia— y su hijo Ismael, que vino a visitarle para pasar aquí los meses de vacaciones de verano.

»No sé qué falló en mi conjuro, o puede que cuando me pidió que interviniera, las cosas estuvieran ya muy mal entre la pareja. El caso fue que, para mi sorpresa, todo salió al revés de lo que estaba previsto: poco después de la llegada de su hijo, mi cliente recibió una llamada de su mujer, en la que le informaba de que había conocido a otra persona y quería el divorcio lo antes posible. También le mencionó el collar que yo le había hecho, sólo para decirle que era muy bonito y que no pensaba devolvérselo.

»El italiano lo entendió todo al revés. En lugar de pensar que su mujer había obrado a la ligera, o preguntarse por las causas de su proceder, prefirió culparme a mí, que no tenía ninguna culpa: empezó por venir a amenazarme en persona. Gritaba, gesticulaba mucho, se ponía como una furia. Una vez llegó a romper varias vasijas de las que utilizo para guardar las piezas y las herramientas. Cuando me amenazó con pegarme, y vino acompañado por sus sobrinos gemelos, tuve que decirle que si volvía a poner los pies en mi tienda, tendría que avisar a la policía. Se tomó fatal aquella advertencia. Dijo que, si su mujer no volvía con él en una semana, como máximo, vendría a mi taller y lo destrozaría todo, y luego le prendería fuego. Me asusté tanto que tomé la decisión de desaparecer una temporada. Me fui a vivir a casa de mi hermano, pero tampoco allí me dejó en paz: seguía mandándome mensajes: unas postales siempre iguales de volcanes en erupción, escritas con mensajes desafiantes.

»El día que me visteis en la playa me andaba buscando. De repente, se le metió en la cabeza que yo tenía que hacer otro conjuro, esta vez de magia negra. Le dije, de la mejor manera, que mi magia no sirve para cosas negativas, pero insistió. No sé cómo, consiguió mi número de teléfono, y no me dejaba en paz ni un momento. Mandó en mi persecución a sus sobrinos gemelos, pero no consiguieron cazarme. Por suerte, de la época en que practicaba gimnasia rítmica, me quedan mis buenas piernas. El chico del tanga fosforescente que guarda las hamacas de la playa es mi hermano. Siempre discutimos, y en este asunto nunca estuvo de acuerdo con mi manera de actuar. Él quería que acudiera a la policía, pero yo estaba demasiado asustada para hacerlo. Le pedí que no contara nada de mí a nadie, por mucho que los que le preguntaran afirmaran ser mis amigos. Como comprenderéis, fue una medida de precaución, él no podía saber quiénes erais, ni yo tenía ningún interés por involucraros en mis problemas. Aunque, por lo que me habéis contado, os involucrasteis vosotras solitas en otro muy diferente y con otro miembro de la misma familia. Pero ahora que sé que no volverán a molestarme, porque han regresado a Italia y les han cerrado el restaurante de la plaza, me siento tranquila para volver a abrir el taller. Ya sólo me falta el gato y todo será como antes. Ya conocéis todo el misterio.»

Raquel hizo una pausa para beber agua de una botella que estaba a sus pies.

«Por cierto, chicas, hay algo que no os he dicho. Es respecto a vuestro colgante; éste en forma de estrella, que las tres lleváis al cuello. No os dije que le había añadido un conjuro muy especial, pensado para vosotras. Lo digo por si alguna de las tres ha notado su influjo. Es un conjuro muy fuerte, de los que duran toda

la vida y no pierden su intensidad: el de la amistad in-
destructible. Pase lo que pase, por graves que sean
vuestros problemas, si lleváis el colgante, encontraréis
el modo de resolverlos. Nadie podrá con vosotras, chicas. Vuestra amistad es mágica.»

venganza, sorpresa, escoba y gatitos para una apoteosis

Sólo después de hablar durante horas y horas conseguimos, mis inseparables y yo, darnos cuenta de qué persona era en realidad nuestro querido Ismael.

Para empezar, a las tres nos había mentido respecto a sus orígenes. A mí me dijo que era de Parma, a Lisa le aseguró que había nacido en Roma y a Analí le hizo creer que era siciliano, de un pequeño pueblo de pescadores donde todos eran familia pero ninguno era mafioso. A las tres nos prometió bautizar unos *fetuccini* con nuestro nombre: *fetuccini Lisa, fetuccini Analí, fetuccini Julia*. O Giulia, en honor de su madre, que según la ocasión se llamó también Felisa o Anita. A las tres, en eso coincidíamos, nos dijo que la pobre mujer había muerto, cuando en realidad vivía en Milán, bastante feliz desde que su marido la dejó tranquila, y planeaba el divorcio, como bien supimos por Raquel.

El objetivo de Ismael era lo único que estaba bien claro: quería ligar con las tres. Y a saber con cuántas más había hecho lo mismo. En esta ocasión, me indignaba mucho tener que reconocerlo, se había cumplido a la perfección el tópico según el cual, como dijo la abuela, los italianos son todos unos ligones sin remisión. Y digo que me indignaba porque estoy convencida de que existen millones de italianos que no se dedican a engañar a la gente, pero a cualquiera de nosotras tres se nos removerán las tripas si un chico nos dice al oído, con ese acento tan particular y sin levantar mucho la voz, la palabra «tiramisú».

Hablando de tiramisú. Las técnicas de seducción de Ismael también coincidieron en eso. Creo que entre las tres nos debimos de comer, a fuerza de invitaciones, más de quince quilos del famoso pastel italiano. Lo cual, pensándolo bien, podía compensar un poco todo lo demás. Por lo menos había sido un engaño dulce. Nos quedaba, eso sí, la duda respecto al significado de aquella palabra misteriosa: *afrotisíaco*, que cualquier día le pensábamos preguntar a la abuela, ya que ningún diccionario era capaz de resolver nuestras dudas.

Respecto a su comportamiento, Ismael era mucho más que un mentiroso. También era una mala persona. A las tres nos dijo lo mismo: A Lisa le aseguró que yo me moría por él y que él me despreciaba (es decir, lo mismo que me dijo a mí de Analí), y a cada una de nosotras nos pidió que mantuviéramos en secreto nuestra relación delante de nuestras amigas, por las causas que ya conocéis.

No fui la única de las tres que pensó en dejarle, pero sí la única que lo hizo. Por eso la rabia le llevó a enemistarme con mis inseparables: les aseguró a Lisa y a Analí que yo estaba coqueteando con Pablo y con Gus. Y ellas, claro, le creyeron (dos cerebros enfadados piensan mucho peor que uno que no lo esté). Por eso me odiaban (tanto como yo a ellas, por razones parecidas) y por eso no querían ni verme. Si no llega a ser por el colgante de Raquel y por la intervención de mi abuela, el idiota del italiano hubiera conseguido que nuestra amistad se fuera a pique. Os aseguro, chicas, que ningún italiano, por guapo e interesante que sea, merece que una pierda dos amigas como mis inseparables.

¿Y *Pnin*? ¿Qué pasaba con *Pnin*?, quizás os estéis preguntando. Pues bien, *Pnin* era una excusa, un pegote, otra mentira de Ismael para hacer que nos fijáramos en él. Yo tengo la teoría de que jamás leyó un solo libro completo. Los tomaba prestados de su padre, que sí es un gran lector, y los llevaba arriba y abajo para hacerse el interesante. Hay mucha gente, en realidad, que hace lo mismo que Ismael: se las da de tener una gran cultura cuando, en realidad, no saben ni cómo se dicen correctamente las palabras.

En resumen: creo que la experiencia con Ismael no estuvo mal del todo. Al fin y al cabo, no hubo estropicios importantes, nada que una disculpa con Pablo y con Gus no pudiera arreglar. Casi podríamos decir que, en ese aspecto, el italiano incluso resultó favorable, porque a partir de entonces Pablo y Gus se entregaron a la labor de conquistar a sus chicas y no pararon hasta que ellas aceptaron ser sus novias, pero ésa es historia para otra ocasión. Y en lo que a nosotras se refiere, fue un modo de poner a prueba nuestra capacidad de resistencia. Es lo que tiene deshacer los nudos más difíciles: una vez lo has conseguido, sabes que ya ninguno se te resistirá nunca más. Aunque, por muy asumido que tuviéramos todo lo que nos había enseñado aquella experiencia, había un placer que nada ni nadie nos iba a quitar: el de la venganza.

Esta historia todavía no puede terminar. Aún nos falta saber quién es Lilian. Durante los días que duró la «Operación Ismael» nos olvidamos un poco de todo aquel lío o, por lo menos, dejamos de hablar de ello. Pero en cuanto regresó la calma volvieron, con ella, las hipótesis. Ya descartada la del embarazo, la única posible era la adopción.

Analí se mostraba contraria a esa posibilidad:

—Si pensaran adoptar deberían estar planificando un viaje. Todas las personas que adoptan tienen que viajar al país donde les espera su hijo —decía.

Analí sabe de lo que habla, ya que tanto ella como su hermana fueron adoptadas en China. Tenía toda la razón: Teresa y Salvador no parecían muy dispuestos a marcharse, desde luego. Más bien todo lo contrario: apenas salían de su casa recién estrenada y dedicaban todo su tiempo a decorarla y arreglarla a su gusto.

—Una cosa no quita la otra —decía Lisa—, pueden

estar entusiasmados arreglando la casa y dentro de una semana montar en un avión con destino a cualquier parte del mundo.

Nuestra amiga también tenía razón. Nada impedía que la parejita feliz se marchara al día siguiente, si eso era lo que habían planificado.

Resumiendo: estábamos como al principio. Seguíamos sin saber qué o quién era Lilian. Y de preguntárselo a mi abuela, pese a que me lo propusieron varias veces, ni hablar. Por mucho que ella me hubiera ayudado su falta de confianza en mí seguía doliéndome mucho, así que seguía considerándome muy ofendida, y comportándome como tal.

El otro gran tema de aquellos días fue, no podía ser de otra forma, la fiesta de Lisa. La fecha se acercaba y nosotras lo teníamos todo cuidadosamente planeado. Si todo salía como pensábamos, prometía ser una ocasión sonada. Las muchas horas que dedicamos a cuidar de todos los detalles nos permitieron recuperar el tiempo perdido en las últimas semanas. No fue nada difícil. Volvimos a nuestras sesiones de vídeo, a nuestros paseos, a nuestras charlas, a nuestros días horribles de playa (esta opinión es sólo mía) y a nuestras confidencias. Fue como si nunca hubiera sido de otra manera.

Lisa y Analí también se reencontraron con sus chicos. Y yo aproveché el tiempo que ellas dedicaron a esa actividad extraescolar para terminarme los libros de *Ediciones Campurriana* y buscar otro, y otro y otro, y así hasta doce sólo en las vacaciones. Por lo menos, algo bueno dejó Ismael: me descubrió la cantidad de diversión que cabe en los libros. Podría asegurar que ese verano fue el principio de mi afición lectora, que ya va conmigo a todas partes. En los libros se pueden vivir mil vidas distintas. Desde que descubrí esta verdad fundamental, mi vida se volvió mucho más interesante. También entendí algo que antes me preguntaba a menudo: para qué servían Shakespeare, Cervantes y otros como él. Ahora ya lo sé: Para hacer un poco más felices a algunos como yo. Por tanto, el mundo sin ellos sería infinitamente peor, o mucho más triste (lo cual es lo mismo).

Como apoteosis final os he reservado lo mejor: el decimotercer cumpleaños de Lisa. La fiesta fue en el ático de Arturo, adornado para la ocasión con guirnaldas de colores, globos y serpentinas. El pastel corrió de mi cuenta: de chocolate y crema, con anises de adorno y trece velitas encendidas que nuestra amiga apagó de un bufido, como si le diera rabia hacerse mayor.

—¿Has pedido un deseo? —le preguntó Analí, que siempre sufre mucho por si la gente olvida este tipo de rituales.

—Síííí —contestó la chica diez—, pesada.

Éramos diecinueve personas. Pablo abrazaba a su chica por la cintura y la besaba en la mejilla. Analí y Gus reían, divertidos. Yo estaba eufórica, me había pasado algo increíble que no era el momento de comentar con nadie y que aún me sofocaba recordar. Y al comienzo de la tarde habíamos hecho algo memorable, grandioso, excitante: nos habíamos vengado de Ismael.

Para contarlo tengo que rebobinar la película. ¿Preparadas?, ¿listas...?

Estamos en el mismo lugar, tres horas y media antes de encender las velitas. No ha llegado nadie todavía, pero los organizadores ya estamos allí —Gus, Pablo, y Arturo formaban parte de nuestro equipo—, ultimando los detalles. Mi pastel de chocolate con crema espera en el frigorífico. Y nosotras también esperamos, impacientes, a que sea la hora en que hemos citado a una persona muy especial.

En realidad, es Lisa quien le ha citado. Fue ella la encargada de llamar a Ismael y pedirle por favor, de esa forma que a él tanto le gusta, que fuera a su fiesta de cumpleaños.

—Pero estarán tus amigas, ¿no? —preguntó el italiano, temiendo lo peor.

—¿Esas estúpidas envidiosas? —exclamó Lisa, y creo que aquí quedaron al descubierto sus estupendas dotes de actriz—, ¡nunca!, ¡no quiero volver a verlas en mi vida!, ¡hemos roto para siempre!

Ismael aceptó, pero impuso sus normas:

—Está bien, vendré, pero no quiero que le digas a nadie que soy tu novio.

El muy engreído. Menos mal que Lisa supo fingir hasta el final. Ismael llegaría en tres minutos y se llevaría la mayor sorpresa de su vida. Estábamos tan nerviosas que ni nos dirigíamos la palabra. Además, consultábamos el reloj cada cinco segundos, con disimulo, para que las demás no vieran nuestro desasosiego. El tiempo avanzaba con demasiada lentitud: tic tac, tic tac, tic tac.

Cuando sonó el timbre dimos un respingo.

Mientras Ismael subía en el ascensor, repasamos los últimos detalles de nuestro plan.

Cuando Lisa fue a abrirle la puerta, nuestros corazones —por lo menos, el mío— galopaban a mil por hora. Sólo Lisa y Pablo salieron a recibirle. Los demás, Arturo incluido, esperábamos escondidos en el cuarto. Fue allí, mientras procurábamos que nuestras risas no se oyeran en el salón, cuando Arturo me susurró al oído algo que en aquel momento no entendí:

—Ya que vamos a hacerlo, lo haremos bien.

Desde el salón escuchábamos las voces de nuestra amiga, su novio y el memo de Ismael.

—Éste es mi novio, Pablo —le dijo Lisa al italiano, que no daba crédito a lo que estaba viendo.

Pablo besó a Lisa en la mejilla mientras la abrazaba por la cintura. Hubiera dado varios meses de mis vacaciones futuras por ver la cara de Ismael. Sólo pude oír su respuesta, desconcertada, fuera de lugar:

—Ah, no lo sabía.

—Pasa, pasa, siéntate en el sofá.

—Te he traído un regalo —dijo el recién llegado.

Lisa le dio las gracias y, a continuación, rasgó el envoltorio. Antes de llegar a abrirlo preguntó:

—¿No será tiramisú, verdad? Es que odio el tira-misú.

A mí por poco se me escapa la risa, debo recono-cerlo.

Era un osito de peluche.

—Ah, qué original. Lo pondré con los otros vein-ticinco.

Ismael debía de estar oliéndose algo raro, pero se-guía en el sofá.

—Salgamos antes de que éste se largue —propuso Arturo.

Le hicimos caso. En cuanto nos vio aparecer, Lisa empezó a presentarnos. Ismael se puso pálido, muy pálido. Pensé que se iba a desmayar de un momento a otro.

—Éstas son mis mejores amigas, Isma, aunque creo que ya las conoces —decía nuestra amiga, mien-tras a él se le agrandaban los ojos más y más—: Analí y su novio, Gus. Julia y Arturo, que es mi hermano.

Aquí llegó la sorpresa. Por alguna razón que me dio mucho que pensar, en mitad de esta pantomima, Arturo me agarró por la cintura y soltó:

—Además, soy el novio de Julia.

Si os dijera que en mi vida nada, ni siquiera De-peche Mode, me había sonado tan bien como aquella frase, no sé si me creeríais. Sin embargo, os aseguro que es la pura verdad. La presencia de Arturo a mi la-do, y su mano en mi cintura me emocionaron tanto que ni siquiera recuerdo la cara de Ismael. Sólo sentía como si mi corazón quisiera saltar de mi pecho a mi boca, y oía la risa de Arturo muy cerca, más que nunca, de mi oído.

Ismael entendió que le habíamos tendido una trampa. Lo mejor fue que ni siquiera se molestó en dar explicaciones. Nos miró, se sonrojó un poco, se puso en pie, dijo:

—Creo que mejor me marcho.

Y cumplió su palabra. Se largó. Para siempre.

Los invitados de verdad empezaron a llegar un poco más tarde, cuando ya estábamos más tranquilos y nos habíamos reído un buen rato a costa del italiano. Arturo le hizo a su hermana un regalo muy extraño: cuando abrió el paquete, que era largo y estrecho, Lisa no supo qué decir:

—¿Una escoba?

Era una escoba. El verdadero significado de aquel regalo se descubrió más tarde, cuando Arturo puso música tranquila y empezamos a jugar a un clásico que ya se practicaba en los guateques de nuestros abuelos: El juego de la escoba. ¿Conocéis las reglas? Pues no sé a qué esperáis para averiguarlas.

Y ahora sí: regresemos a las trece velas encendidas y la pregunta de Analí:

—¿Has pedido un deseo?

—Síííííí, pesada.

En ese momento sonó el timbre. Todos pensamos que sería el deseo de Lisa, que llegaba volando. Sin embargo, no lo era. Era mi abuela, acompañada de una chica morena, de ojos verdes y piel tostada que debía de tener más o menos nuestra edad.

—Hola, chicas, vengo a presentaros a Lilian, la sobrina de Salvador. Acaba de llegar de Rumania. Se va a quedar a vivir con nosotros un tiempo.

Teresa me dedicó una larga mirada, llena de palabras no dichas y silencios elocuentes. En cuanto tuvo ocasión se me acercó y bajó la voz para regañarme (pero no mucho):

—Quería darte una sorpresa, desastre. Por poco me lo estropeas con tanta investigación y tantas preguntas.

Se apartó, sonrió un poco, le sonrió a Lilian, que hablaba con Lisa mientras comía un pedazo de pastel, y añadió:

—Os vais a llevar muy bien, ya lo verás. Y va a ir a tu colegio.

En ese momento sonó el teléfono de Lisa. Nuestra amiga salió a la terraza para hablar con más tranquilidad, pero a los pocos segundos entró de nuevo y nos mandó callar:

—Chicos, chicas, tengo una noticia genial.

Se hizo un silencio expectante antes de que dijera:

—*Roxi* y *Uj* van a ser papás.

Este libro se escribió en Mataró,
durante el otoño de 2003

índice

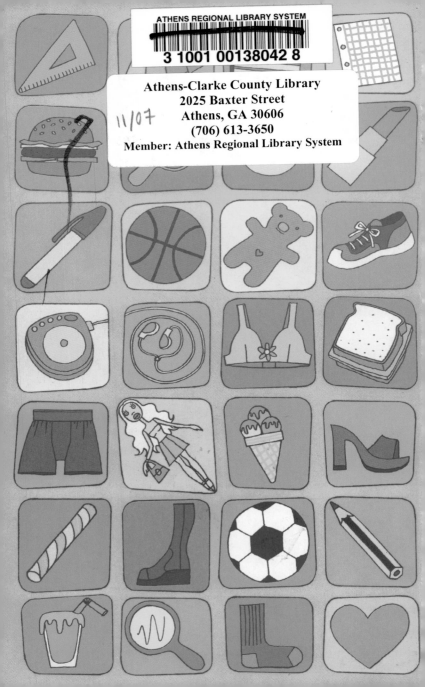